一带一路

人物传奇

周莲珊 主编

叶雪松 著

妙笔丹青

山西出版传媒集团 山西教育出版社

图书在版编目（ＣＩＰ）数据

妙笔丹青／叶雪松著．—太原：山西教育出版社，
2018.9（2020.6 重印）
（"一带一路"人物传奇／周莲珊主编）
ISBN 978－7－5440－9743－7

Ⅰ．①妙… Ⅱ．①叶… Ⅲ．①长篇小说—中国—当代
Ⅳ．①I247.5

中国版本图书馆 CIP 数据核字（2017）第 315605 号

妙笔丹青
MIAOBI DANQING

出 版 人	雷俊林
选题策划	李梦燕
编辑统筹	朱 旭
责任编辑	朱 旭 王 珂
复 审	李梦燕
终 审	潘 峰
装帧设计	陈 晓
印装监制	蔡 洁

出版发行 山西出版传媒集团·山西教育出版社
（太原市水西门街馒头巷 7 号 电话：0351－4729801 邮编：030002）

印 装	阳谷毕升印务有限公司
开 本	850×1168 1/32
印 张	7.5
字 数	142 千字
版 次	2018 年 9 月第 1 版 2020 年 6 月第 3 次印刷
书 号	ISBN 978－7－5440－9743－7
定 价	22.00 元

如发现印、装质量问题，影响阅读，请与印刷厂联系调换。电话：0635－6173567。

《"一带一路"人物传奇》总序

周莲珊

"一带一路",指的是"丝绸之路经济带"和"21世纪海上丝绸之路"。2013年9月和10月,中共中央总书记、国家主席习近平在出访中亚和东南亚国家期间,先后提出共建"丝绸之路经济带"和"21世纪海上丝绸之路"的合作倡议,得到国际社会高度关注。

习近平同志"一带一路"倡议,旨在借用古代丝绸之路的历史符号,积极发展与沿线国家的伙伴关系,促进包括欧亚大陆在内的世界各国共同发展,构建一个互惠互利的利益、命运和责任共同体。

加强合作,建设更加美好的未来,意味着我们不仅要开拓思路,积极顺应世界发展的潮流,更应该向历史学习,吸收其中的营养,汲取经验和力量,为未来的发展注入新鲜活力。

2013年以来,中国图书市场上关于"一带一路"的图书选题就已层出不穷,总体看下来,大多都是学术研究型、理论型和史料型的图书。经过对图书市场关于"一带一路"选题持续一年多的调查分析,我们深深感到,有必要为我们的普通读者,尤其是广大的青少年读者，以及数百万的中小学老师和家长，策划、出版一套表现中华民族开拓"丝绸之路"这个伟大主题的、用文学的形式来诠释"一带一路"倡议思想精华的图书。

我们将目光聚焦在长篇小说这一领域。小说属于文学创作，可以把历史梳理得更透彻，把历史人物写得更生动，把历史故事讲述得更动听，把中国文学的语言美发挥得更淋漓尽致。这样，创作出来的作品，会更利于读者接受和理解，更利于我们传播"一带一路"倡议，激发读者更多的自豪感！我们的思路是这样的：以史为基，又不囿于历史，在史实的基础上，进行适度的文学创作，用优美的文字，结合环环相扣的动人的故事情节，塑造栩栩如生的人物形象，将在丝绸之路上做出过杰出贡献的人物，用长篇小说的形式表现出来，既普及相关历史知识，又增强可读性，给读者以文学的滋养。

思路清晰之后，经过与出版社的沟通，首先，我们从"陆上丝绸之路"和"海上丝绸之路"的相关历史人物中挖掘、筛选，确定了十位代表人物；其次，我们围绕着这十位代表人物，放眼国内作家，确定了十位中青年作家执笔，共同创作这套系列丛书。

我们这套书的写作，约请的都是活跃在当代中国文坛的中青年作家——

《西域使者》分册，由辽宁省文化艺术研究院作家编剧李铭执笔。他的多部小说作品获辽宁省文学奖、《鸭绿江》年度小说奖等。

《羊皮手记》分册，由"90后"作家范墩子执笔。他是陕西文学院签约作家，鲁迅文学院第32届作家高级研修班、西北大学作家班学员。

《智取真经》分册，由本名金波的若金之波执笔。他2014年起转型从事儿童文学创作，《妈妈的眼泪像河流》等四部图书获2009年度冰心儿童图书奖。

《妙笔丹青》分册，由辽宁省作家协会第十届签约作家叶雪松执笔。他是鲁迅文学院第二十届少数民族作家班学员。

《丝路女神》分册，由福建省作家协会会员慕榕执笔。他是中国寓言文学研究会会员，现供职于福建少年儿童出版社。

《丝路奇侠》作者周莲珊，儿童文学作家，图书策划人。多部作品获冰心儿童文学奖、"中日友好儿童文学奖"一等奖等。策划的图书曾荣获冰心图书奖和2012年辽宁省"五个一"工程奖等。

《楼兰楼兰》分册，由军旅作家张曙光执笔。他现任职于武警总部政治工作部《人民武警报》社。

《跨海巡洋》分册，由全国十佳教师作家陈华清执笔。她是广东省作家协会会员，中国散文学会会员，湛江市作家协会副主席。

《圣殿之路》分册，由中国作家协会会员赵华执笔。他是中国科普作家协会会员，鲁迅文学院第六届高研班学员。曾获全国优秀儿童文学奖、华语科幻星云奖、冰心儿童新作奖等多个奖项。

《盛唐诗仙》分册，由蒙古族儿童文学作家贾月珍执笔。她是鲁迅文学院第12期少数民族作家班学员，曾获第十一届索龙嘎文学奖（内蒙古自治区最高文学奖）。

确定了人物，找好了作者，要写好这个系列的书稿，创作难度依然非常之大。每一本书，每一个人物，每一个章节，每一个故事……主编、作者、编辑，来来回回，反反复复，推敲，修改，研磨，追寻创作素材，深挖历史人物背后的故事。过程中的艰辛，历历在目。

终于，丛书成稿。

无论主编、作者还是编者，我们共同的目标，就是给读者以更丰富的精神食粮，让读者通过生动优美的文字、扣人心弦的故事、启迪人心的人物，获得全新的视角，得到更加丰富的阅读体验，进而增强民族自豪感，以更饱满的热情进行我们的国家建设。

在创作过程中，每位作者都研究、阅读了大量国际、国内有关历史研究，并参考了海量的相关图书和资料。但百密一疏，即使这样，书中难免出现这样或者那样的不足或错误，恳请读者在阅读过程中，发现错误，批评指正。

主编：周莲珊，儿童文学作家，儿童图书策划人。多部作品获冰心儿童文学奖、"中日友好儿童文学奖"一等奖。策划、主编的图书曾荣获冰心图书奖和2012年辽宁省"五个一"工程奖等。出版长篇小说三十多部，童话集、儿童绘本、长篇励志版名人传记等多部。

目　录

第一章

〰

故乡的云雀

　　虽是深冬，但意大利的米兰平原却看不到一片雪花。

　　这是个温和多雨的季节，空气潮湿得像邻居芭特丽琦亚奶奶刚刚掀开锅灶的厨房；蜿蜒的波河像一条碧绿的巨蟒，从阿尔卑斯山静静地流淌下来，像母亲抱着怀里的婴儿，环绕着美丽的米兰小镇圣·马塞力诺。

　　十二年前，也就是公元1688年6月19日，一声落地婴儿的啼哭打破了小镇沉寂的黎明。朱塞佩·伽斯底里奥内就出生在这里。

　　午后，金子般的阳光倾洒在小镇外的山顶上，朱塞佩·伽斯底里奥内正向远处眺望。男孩肌肤白得像阿尔卑斯山顶的积雪，他那满头金发和一双深陷在眼窝内炯炯有神的碧眼，以及棱角分明的五官，都无一例外地显现他是个出类拔萃的美少年。看着远处起伏的山峦和碧绿的河水，从未走出过小镇的他在思索着，为什么远处的阿尔卑斯山顶的积雪常年不化，而他们这里，即便是冬天，也难得一见一小片洁白晶莹的雪花？常年奔流不息的波河水又是从哪儿来的呢？远山那边又是一个什么样的世界呢？

奇思怪想每时每刻都充斥在少年朱塞佩·伽斯底里奥内的脑海里。似乎，他的每个脑细胞都是跳跃的，以至于他的姐姐莉达总是一边扯着他的耳朵，一边对他们的妈妈伊莎贝拉说："你的宝贝儿子就是个幻想家，真不知道他整天在胡思乱想些什么，竟然连晚饭都忘了吃！"每到这时，伊莎贝拉就说："尼古拉斯神父不止一次对我说，您的儿子朱塞佩·伽斯底里奥内与众不同，他是个聪明的孩子。我喜欢他。"

似乎，尼古拉斯神父是了解他的一个人，知道他的所思所想。可是，除了这个长着满脸胡子、慈祥可爱的大叔和他自己，整个圣·马塞力诺还有谁知道他的心思呢？

这时，一只美丽的云雀扑棱着翅膀，从前边的草丛中飞出，发出清脆嘹亮的鸣叫。这只长着美丽羽毛的小家伙在他的头顶绕了三匝，然后直冲云霄。男孩想，知道他的人，一定还有这只云雀。此时，他最羡慕的就是这个小生灵。他多么希望像它一样，有一双可以飞到山那边看世界的翅膀啊！以至于在以后的日子里，这只可爱的小鸟经常出现在他的梦境中。

啊，故乡的云雀！当十几年后，在异乡的朱塞佩·伽斯底里奥内梦到这只小精灵的时候，仍会在心中敞开歌喉。

云雀的影子越来越小，最后，没入云中，不见了。

男孩大声喊："再见了，云雀！"

"朱塞佩·伽斯底里奥内！"

一个熟悉的声音从身后传来。

男孩回头，尼古拉斯神父正站在不远处向他招手呢！

"您好，尼古拉斯神父！"

"你好，我的孩子！"神父走了过来，满面慈爱地摩挲着他的头："多美的午后啊！想不想把这些画下来？"

"想，当然想！"

男孩兴奋地看着尼古拉斯，但笑容只在他稚嫩的脸上逗留了一会儿，他的眼睑就垂了下来。他看着地面，双手不安地绞在一起。父亲几年前就过世了，他有三个姐姐，母亲像一头拉犁的老牛，承载着一家人的重担。他又怎么可能再给母亲增加负担呢？

"是不是为了画笔和颜料的费用发愁？"尼古拉斯神父说。

他的眼睛似乎有一种魔力，能看透少年的内心世界。

"……"男孩羞涩、紧张地点了点头。

尼古拉斯神父笑了。他拍了拍这个可爱的少年："放心，所需的一切，我都准备好了！"

男孩高兴得跳了起来："谢谢您，尼古拉斯神父。"

"别谢我！所有的一切，都是神赐予的！明早，到教堂来找我吧！"尼古拉斯神父说。

男孩像那只云雀，哼着欢快的歌儿走进家门。他的姐姐莉达惊讶地打量着他："我的宝贝弟弟，什么事让你这么高兴？"他晃了晃头没有说话。他得把这个振奋人心的好消息最先告诉他最亲爱的母亲。正在烤黑面包的母亲听说尼古拉斯神父免费收儿子为徒，惊讶得张大了嘴巴，用双手在胸前画着十字，流着泪，喃喃道："仁慈的主啊，要我们怎么感谢您啊！"

男孩兴奋得一夜没睡好。直到凌晨，才沉沉睡去。

他梦见了自己成为一只直冲云霄的云雀。他穿云而出，越过了阿尔卑斯山高高的山顶，看到了山外的世界，广袤的原野、茂密的森林、蔚蓝的大海以及山峦外的山峦。环绕在他们身边的，是洁白的长着翅膀的美丽天使，和教堂壁画上的一模一样……

男孩是笑醒的。早上，他草草吃了块黑面包，换上了一件只有在节日里才穿的礼服，踏着晨露，向教堂走去。

男孩知道，慈祥的尼古拉斯神父收他为徒的原因。自从他睁开懵懂的双眼看到这个世界，他所看到的每个事物，都会在他的脑海里留下深刻的印象。当他会拿笔时，他就能凭着记忆用稚嫩的小手给它们画出简单的轮廓。他有着超人的记忆力，对色彩和形状特别敏锐。他画过花，画过草，也画过教堂，当然，还画过好心的尼古拉斯神父。

男孩清清楚楚地记得，去年的春天，他坐在教堂前面的草坪上，聚精会神地画着走来走去的尼古拉斯神父。这时，尼古拉斯神父的身影不见了。不过，这也没什么，他画出了他头部的大致轮廓，鹰勾般的鼻子和满脸的胡子。这已经足够了。

有人拍了一下他的肩膀。男孩无论如何也没想到，尼古拉斯神父正站在他身后冲他笑呢。也就是从那时起，尼古拉斯神父对他似乎比以前亲切和蔼多了。他笑起来胡子一颤一颤的，看起来特滑稽。就是这个看起来特滑稽的人，改变了他生命的轨迹。男孩快到教堂的时候，尼古拉斯神父早已等候在门口了。他用温暖的大手，拉他进了教堂。

他对男孩说："从现在开始，你的一切，都得听我的！"

男孩点了点头，从他手里接过了一支画笔。

尼古拉斯神父成为男孩的第一个老师。他既严厉，又慈祥。在他的传授下，男孩很快掌握了绘画的基本技法。一切都得从零开始，要知道，当时的男孩，甚至连他自己的名字都写不好呢。

在尼古拉斯神父的指点下，几年后，男孩的才艺竟然能和卡洛·科拉那艺术苑的学友们相提并论，他能和他们共同学习绘画的技巧。在尼古拉斯神父的推荐下，他受到了透视法大师安卓亚·皤资的亲自指点。男孩这才知道，透视法大师安卓亚·皤资是尼古拉斯神父的老师。男孩忘不了尼古拉斯神父，是他把他引进了艺术的殿堂。

七年后，男孩十九岁那年，在热那亚，已长成英俊青年的朱塞佩·伽斯底里奥内正式加入了基督教会，成为一名虔诚的教徒，开启了他的修道见习之旅。这期间，在安卓亚·皤资等大师的指点下，他的绘画技艺有了很大的提高，甚至能独当一面，为教堂画壁画了。

这天，朱塞佩·伽斯底里奥内正在教堂的墙壁上画着《最后的晚餐》，这是他今年受命画的第二幅作品。第一幅《纺车圣母》已经完成。虽然，这两幅画都是临摹一百多年前的艺术大师列奥纳多·达·芬奇，但和他一同绘画的神父马泰奥·班代洛说："画面中的人物，表现出惊恐、愤怒、怀疑等神态，其手势、眼神和行为，都刻画得精细入微，惟妙惟肖，可以以假乱真。"

其实，画这两幅壁画的时候，朱塞佩·伽斯底里奥内着实动了一番脑筋。以往的壁画，用不了几年就会脱落。可这次，他另辟蹊径，首先在修道院餐厅的墙上均匀地涂上一层灰泥，墙壁中间的灰泥要比旁边的灰泥粗糙一些，因为这样灰泥才能与覆于其上的漆层黏合得更加牢固。这一做法得到了马泰奥·班代洛神父的认可。

"神父，我的灵感、我的激情，都是上天赐予的。我把对天国的幻想和对上天的热忱，以及我少年时代的童心一起编织，我相信，透过这些看起来并不成熟的作品，上天也会明察我无尽的信仰与敬慕。"

"年轻人，说得很好。"

神父笑了笑，请他到他的房间里喝咖啡。

　　朱塞佩·伽斯底里奥内知道，这位神父刚刚从遥远的中国回到意大利，他是个去过东方的传教士。

　　东方又是一个怎样的天地？一只鸟儿的影子在朱塞佩·伽斯底里奥内脑海里掠过。他知道，是那只少年时代的云雀。

　　"你现在还没获得职位？我刚回来，刚刚知情。"神父说。

　　他点了点头："因为我接受的教育少，所以，还没有。不过，我会为此而努力的。神父！"

　　"很好，年轻人。"神父呷了口咖啡，突然说，"想去位于东方的中国吗？"

　　"当然想！"他不假思索地说，"只是，我现在还没获得职位，又如何获得去那里的资格呢？"

　　"这不要紧，经过教会的批准，可以送你到葡萄牙接受两年的传教训练。不过，你得事先有个心理准备。要知道，远渡重洋去中国，不仅有生命危险，还要克服语言的障碍。这样的工作，仅仅给予那些信念最坚定的修士，他们要不顾自己的安危。年轻人，你能行吗？"

　　神父用夹杂着疑惑和期待的目光看着眼前这个才华横溢的年轻人。

　　"神父，我能行！"他的兴奋溢于言表。

　　他高兴得眼里透出亮光。去东方游历传教，一直是他的梦想。没想到，马泰奥·班代洛神父居然能帮他实现他的梦想。尼古拉斯神父不止一次地给他讲，在地球的另一端，在遥远的东方，有一个发源于黄河流域的神秘的文明古国——中国。那里，有数不清的能与列奥纳多·达·芬奇比肩的艺术大师。

马泰奥·班代洛神父说，当初，他之所以不顾生命安危远去中国，是看了他们祖先的《马可·波罗游记》和受伟大的传教士、前辈利玛窦的影响，而他最大的愿望便是把马可·波罗和利玛窦所看到、写到的东西画出来，让所有欧洲人一睹中国的风貌。所以，他连续六年向葡萄牙教廷申请去中国传教（当时，葡萄牙是唯一拥有往中国派遣传教士资格的欧洲国家），最后一次，终于成功了。他希望有更多的传教士能踏上那片神奇的土地。

"好！那我就上报教会，争取批准你到中国。你现在最重要的任务就是学习，争取早日获得职位。"马泰奥·班代洛神父说。

"我会的，神父！"他说。

接下来，就是如饥似渴地学习，他觉得自己成了一个上足了发条的时钟，时时刻刻在往前奔。不过，他没有丝毫的怨言和退缩。两年后，也就是公元1712年，二十四岁的朱塞佩·伽斯底里奥内得到了教会批准，去葡萄牙的卡伯拉修道院接受两年的传教训练，然后，再乘一艘葡萄牙的轮船去万里之外的东方神秘古国——中国。他被安置在著名的卡伯拉修道院接受汉语言和汉文化培训。

公元1714年4月11日，他和十几个传教士登上了葡萄牙教

廷为他们准备的诺车玛·爱思佩仁斯号轮船，开始往向往已久
的大清帝国进发。

　　站在高高的船头，望着蔚蓝的大海，爱唠叨的妈妈伊莎贝
拉、经常扯他耳朵的姐姐莉达、悄悄塞给他面包的邻居芭特丽
琦亚奶奶、慈祥的尼古拉斯神父、马泰奥·班代洛神父……所
有的亲人和朋友，都先后在他的脑海里闪现。他一边流着眼
泪，一边在心底默默自语："再见了，亲人们！再见了，我的
圣·马塞力诺。此去大海茫茫，不知何年何月，才能回到你的
怀抱！请你们放心吧！"

　　一声清脆熟悉有些久违的鸟鸣在他的耳畔响起。他抬起
头，什么也没看见，只有悠悠的白云。不过，他知道，这清晰
的鸟鸣是从哪儿发出来的。

　　在心底。

　　云雀！

　　那只故乡的云雀！

　　那只少年时的云雀啊！

第二章

≈

海上奇遇

　　意大利是半岛国，海对朱塞佩·伽斯底里奥内来说，并不陌生。不过，像这次在海上漂泊大半年之久，见到这无边无际的大海，平生还是第一次。同行的传教士、医生大卫告诉他说，他们需要经过漫长的航行，也许半年，也许一年，甚至更长的时间，绕过非洲，到达印度，经由澳门，登陆中国，最后，才能到达中国的都城北京。

　　当时的海上大国是西班牙和葡萄牙，这两个国家进行了大规模的海外扩张活动，目的都是为了经济利益。为使两国利益均衡，罗马教廷划分了两国的势力范围：亚洲大陆、东印度群岛、巴西和非洲等地为葡萄牙的势力范围；美洲、太平洋诸岛和菲律宾等地为西班牙的势力范围。正因为如此，赴中国传教的欧洲耶稣会士就得先到葡萄牙里斯本，搭乘葡萄牙的船只到印度果阿，之后才能辗转到达中国。几个同行的传教士不由得心情沉闷起来。这些年纪看起来和他差不多的年轻人，也许没出过远门，也许事先没做好足够的心理准备。看着他们忧郁的眼神，朱塞佩·伽斯底里奥内却对一切都充满了好奇。他甚至觉得自己的双眼有些不够用，看什么都是新奇的，离港时的惆怅像一片灰暗的阴云，很快被探索的风儿吹得无影无踪。

大卫是个出色的传教士和外科医生，这个瘦弱得像家乡土地上大麦秆的高个子还是个博古通今的历史学家。为了打发旅途中的寂寞，他总是给同行的人讲故事。马可·波罗的故事经他绘声绘色的描述，突然变得富有魔力起来，像一只无形的大手，牢牢地抓住了朱塞佩·伽斯底里奥内那颗好奇的心。马泰奥·班代洛神父也给他讲过这个伟人的故事，但只是只鳞片爪。很快，他就沉醉在大卫风趣幽默的讲述中了。

大卫说："马可·波罗小时候，他的父亲和叔叔到东方经商，来到元大都（今天的北京），并朝见了蒙古帝国的忽必烈大汗，还带回了大汗给罗马教皇的信。他们回国后，马可·波罗天天缠着他们讲去东方旅行的故事，他下定决心要跟父亲和叔叔前往中国。

"几年后，在马可·波罗十七岁时，父亲和叔叔拿着教皇的复信和礼物，带着他和十几位旅伴一起向东方进发了。他们从威尼斯进入地中海，然后横渡黑海，经过两河流域来到中东古城巴格达，从这里到波斯湾的出海口霍尔木兹就可以乘船直驶中国了。然而，这时却发生了意外事件。当他们在一个镇上掏钱买东西时，被强盗盯上了。这伙强盗趁他们晚上睡觉时抓住了他们，并把他们分别关押起来。半夜里，马可·波罗和父亲逃了出来。当他们找来救兵时，强盗早已离开，除了叔叔外，别的旅伴都不知去向。”

朱塞佩·伽斯底里奥内想，如果他们也遇到了强盗，他就和强盗们殊死搏斗。当年，马可·波罗只是个十七岁的少年，而他，已经是二十六岁的成年人了。

“马可·波罗和父亲、叔叔来到霍尔木兹，一直等了两个月，也没遇上去中国的船只，只好改走陆路。这是一条充满艰难险阻的路，是让最有雄心的旅行家也望而却步的路。他们从霍尔木兹向东，越过荒凉恐怖的伊朗沙漠，跨过险峻寒冷的帕米尔高原，一路上跋山涉水，克服了疾病、饥渴的困扰，躲开了强盗、猛兽的侵袭，终于来到了中国新疆。一到这里，马可·波罗的眼睛便被吸引住了。美丽繁华的喀什、盛产美玉的和田，还有处处花香扑鼻的果园。”

听着大卫的描述，朱塞佩·伽斯底里奥内在想，新疆又会是什么样呢？和田的美玉又好在哪里呢？处处花香扑鼻的果园又会是什么样的呢？

“马可·波罗他们继续向东，穿过塔克拉玛干沙漠，来到古城敦煌，瞻仰了举世闻名的佛像雕刻和壁画。接着，他们经玉门关见到了万里长城，最后穿过河西走廊，终于到达了上都——元朝的北部都城。这时已是1275年的夏天，距他们离开祖国已经过了四个寒暑！马可·波罗的父亲和叔叔向忽必烈大汗呈上了教皇的信件和礼物，并向大汗介绍了马可·波罗。大汗非常赏识年轻聪明的马可·波罗，特意请他们进宫讲述沿途的见闻，并携他们同返大都，后来还留他们在元朝当官任职。"

"聪明的马可·波罗很快就学会了蒙古语和汉语。他借奉大汗之命巡视各地的机会，走遍了中国的名山大川，中国的辽阔与富有让他惊呆了。他先后到过新疆、甘肃、内蒙古、山西、陕西、四川、云南、山东、江苏、浙江、福建以及北京等地，还出使过越南、缅甸、苏门答腊。他每到一处，总要详细地考察当地的风俗、地理、人情。在回到大都后，他又详细地向忽必烈大汗进行汇报。"

在《马可·波罗游记》中，他盛赞了中国的繁盛昌明；发达的工商业、繁华热闹的市集、华美廉价的丝绸锦缎、宏伟壮观的都城、完善方便的驿道交通、普遍流通的纸币等。书中的内容，使每一个读过这本书的人都无限神往。

"十七年很快就过去了，马可·波罗越来越想家。1292年春天，马可·波罗和父亲、叔叔受忽必烈大汗的委托，护送一位名叫阔阔真的蒙古公主从泉州出海到波斯成婚。他们趁机向大汗提出回国的请求。大汗答应他们，在完成使命后，可以转路回国。"

"1295年年末，他们三人终于回到了阔别二十四载的亲人身边。他们从中国回来的消息迅速传遍了整个威尼斯。他们的见闻引起了人们的极大兴趣。他们从东方带回的无数奇珍异宝，一夜间使他们成了威尼斯的巨富。1298 年，马可·波罗参加了威尼斯与热那亚的战争，不幸被俘。在狱中，他遇到了作家鲁思蒂谦，于是便有了马可·波罗口述、鲁思蒂谦记录的《马可·波罗游记》。"

大卫的讲述，让朱塞佩·伽斯底里奥内对马可·波罗肃然起敬，同时，更加激起了他对中国的向往。那是块多么神奇富饶的土地啊！

大卫看出了他的心思，对他说："和你一样，中国，这个神秘的东方古国，也深深地吸引了我。"

"和马可·波罗齐名的，还有后来的利玛窦神父。他也是历尽千辛万苦，九死一生，到达了中国。当时的中国是明朝万历年间，上至皇帝，下至寻常百姓，对基督不解，甚至排斥，利玛窦神父先化装成和尚，又化装成书生，上京觐见皇帝，献上了当时最先进的钟表。按规定，外国人不得在京久留，可他却意外留下。究其原因，其实简单，皇上怕钟表运转不灵，把他当成钟表匠留了下来。也就是从那时起，利玛窦神父在中国扎下了根，来华三十八年，最后，在北京逝世。"

有关利玛窦的资料，朱塞佩·伽斯底里奥内知道的要多一些。在热那亚，他不止一次听神父讲起这位传奇人物的故事。他对中国的向往，很大程度上和这位前辈有关。

"大卫先生，我也想给你讲个故事。"

"好啊，兄弟!"大卫兴奋得将一杯威士忌递到了他手中，指着海上的落日，"瞧，多美的夕阳。你的讲述，会在这美丽的夕阳下，增添更绚烂的色彩。"

他说："那我就讲一讲哈奴曼帮助玄奘西天取经的故事。"

他说，一千年前的唐朝玄奘法师，为了深入研究佛学，冒着生命危险，西行取经，神猴哈奴曼一路保护，历经九九八十一难，一路上克服了重重艰难险阻，才到达佛教发源地印度。玄奘在印度游历、研究和讲学整整十三年；回国后，在长安进行佛经翻译。他共翻译了七十五部经典，对当时中国的社会文化各方面都有很大影响。

大卫听得入了迷，甚至都忘了喝手中的威士忌。

最后，他说："大卫先生，玄奘法师去西天取经，被称之为'三藏'，那我们去中国东游传经，可不可以也被称之为'三藏'呢?"

二人开心地大笑起来。另外几个传教士，也被他们感染得笑了起来。

海上的天气说变就变，刚才还是风平浪静，突然，狂风大作，巨浪滔天，暴雨如注，惊雷中夹杂着闪电，很多人开始大汗淋漓，包括大卫。这艘巨大的诺车玛·爱思佩仁斯号轮船此时就像一片树叶，在波涛中穿梭、起伏。朱塞佩·伽斯底里奥内这才感受到人类的渺小，海的博大。

大卫说："我感觉很难受。"

半个小时后，他真的开始晕船了，直到晚饭后也没见好转。朱塞佩·伽斯底里奥内忙着帮他找薄荷油，并给他端来一杯水喝下。

他这才闭着眼睛说："我突然觉得我像片羽毛，飘飞在空中，肚子里翻江倒海。你的脸色也不好，快躺下休息吧！"

他们的船舱不大，共有八个人，都是神父或修士。他们像沙丁鱼一样挤在一起。船舱进门处的走廊小得容不下两人行，尽管条件如此，可大家还是兴致勃勃的。

大卫的话音未落，朱塞佩·伽斯底里奥内也感觉不适起来。

过了好长一段时间，朱塞佩·伽斯底里奥内才觉得舒服些了，船也不那么摇晃了。他找了件外衣，披在身上，去了甲板。甲板上站了好多人，许多人在做着弥撒。风息了，雨住了，月亮像一个巨大的银盘，挂在天上，和刚才简直是两重天。大卫也披衣出来，精神好了许多。

"快看，鲸鱼！"有人惊呼。

果然，在轮船的右前方，出现了几十个高高的水柱，海水里凸现出鲸鱼屋脊般的背部。和船上大部分人一样，朱塞佩·伽斯底里奥内平生第一次看到如此壮观的场景，对着鲸鱼群摆手狂呼。

大卫说："这是抹香鲸，它们的分泌物比黄金还要昂贵，叫龙涎香。"

"龙涎香?"他看着大卫。

大卫点了点头:"对! 龙涎香。说起来,世界上最早发现龙涎香的国家还是古代中国呢。在中国的汉代,渔民在海里打捞到一些灰白色的蜡状漂流物,这就是经过多年自然变性的成品龙涎香,从几千克到几十千克不等,它有一股强烈的腥臭味,但干燥后却能发出持久的香气,点燃时更是香味四溢,比麝香还香。宫中的炼丹术士认为,这是海里的龙在睡觉时流出的口水,滴到海水中凝固起来,天长日久,成了龙涎香。"

"能给我说说龙吗?"大卫说起的龙,激起了朱塞佩·伽斯底里奥内的好奇心。

临来前,葡萄牙教廷的神父就曾给他们讲过,中国是龙的国度,但并没有讲具体细节。

大卫说:"龙是中国传说中的一种长形、有鳞、有角的神异动物,能走,能飞,能游泳,还能兴云作雨,同时,也是皇权和帝王的象征。皇帝,是龙的儿子。"

朱塞佩·伽斯底里奥内说:"中国人真有意思,怎么把一种动物象征为皇权呢?"

"龙是中华文化里的主要图腾和主要象征,在东方的一些国家,他们都自称龙的传人。"大卫说着,指了指大海中突然出现的一只海龟说:"快来看,在我们西方人的眼里,它就是一只普普通通的海龟,可在东方人眼里,它却是神物,是龙的九个儿子当中的一个。"

"龙的儿子不是中国的皇帝吗?"

大卫说:"在中国的民间传说中,龙共有九个儿子。海龟可能就是霸下,又名赑屃,似龟有齿,喜欢负重,是碑下龟,中国人也叫它鼍龙。这些,等将来到了中国你就知道了。总之,中国人是非常有想象力的,为我们西方人所不及。"

他被大卫的博学深深吸引了。

大卫说:"其实,在西方,也有许多美丽的传说,比如美人鱼。"

"美人鱼?"

"对!最早的人鱼传说发生在一千多年前,位于美索不达米亚两河流域的亚述帝国。中国人把人鱼称为鲛人。鲛人生产的鲛绡,入水不湿,他们哭泣的时候,眼泪会化为珍珠……"

回到床上,朱塞佩·伽斯底里奥内很快就睡着了。龙和美人鱼交替着出现在他的梦境里。突然,他被一种清脆的声响惊醒。

"海盗!"大卫在穿衣服。

二人来到舱外。船外,围着几艘挂着桅杆的小船,船上穿着奇装异服的海盗们向他们射击。水手们沉着冷静,向海盗们射击。由于船高枪多,海盗们被击退,消失在茫茫大海中。

就这样,经历飓风、暴雨、炎热、饥饿、海盗、荒岛、晕船、迷失方向,甚至生命危险,经由大西洋,绕过非洲,中途在印度西海岸的果阿稍作停留,1715年他们抵达一百多年前葡萄牙人取得居住权的澳门。

　　一个大雾弥漫的早上，当船长对他们说，前面在大雾中若隐若现的城市就是澳门时，整个船上沸腾了。

　　这一切，对朱塞佩·伽斯底里奥内来说，恍然如梦。看着在晨雾中渐渐升腾起来的一轮红日，泪水顺着他的面颊流了下来。

　　他在心里呼唤着：

　　"中国，我来了！"

第三章

≈≈

从今往后我姓郎

　　到了澳门后，朱塞佩·伽斯底里奥内觉得自己的眼睛不够用，看什么都新奇。在澳门逗留了一个星期后，大家开始写信报平安。

　　1896年3月20日，光绪皇帝批准开办大清邮政官局，中国近代邮政由此诞生，中国开始与世界各国邮政平等交往。朱塞佩·伽斯底里奥内的这封平安信写自大清邮政建立之前的一百七十五年前。他和教友们将写好的书信让来时的船带回国内，然后再通过国内的邮局转寄到家中。即便亲人收到这封信，最快也是半年后了。他们都没留下寄信的具体地址，因为他们不知道何时离开澳门，又会在哪儿扎下根来。

　　所有人都知道，这是一封寄出去就不能再收到回信的信，也可能是他们人生中的最后一封家书，教友们写起信来很伤感，可唯独朱塞佩·伽斯底里奥内兴奋得溢于言表。

他在信里写道——

我亲爱的妈妈，我亲爱的莉达姐姐、我亲爱的芭特丽琦亚奶奶、尼古拉斯神父：

你们好！

一个礼拜前，我们抵达了中国的澳门。从离开葡萄牙西海岸的那一刻起，到我们乘坐的诺车玛·爱思佩仁斯号轮船抵达澳门为止，我们在海上整整航行了一年零三个半月零三个小时零三分。

中国是块神秘的土地，尽管我刚刚来到这里，但我已经深深地感受到了它的博大。在这个太阳升起的地方，有太多美好的事物需要我来感知。和同来的教友们一道，我们被安置在澳门的圣保罗教堂。传教士要进入中国，必须得经过广东都抚报册他们的皇帝康熙，获准后方可由广州去往内地。

这里的神父非常热情地接待了我们。他们用玛戴尔、沙尔特勒兹和波尔图等欧洲的名酒招待我们，我们沉浸在美酒之中。他们都穿着华服，几乎所有中国人都看着我们，看着我们头戴帽子，身着黑色的教披，都很惊讶，似乎我们是天外来客。他们的皮肤是黄色的，让人不可思议的是，男人们，无论老少，前额都刮得光光的，脑后都梳着一条辫子，看起来滑稽得很，而女人们都是小脚，用他们的话说，叫三寸金莲。中国人真是很奇怪，这么小的脚居然也能走路。

在等候圣旨进京前，我们每天做得最多的就是学习中文。葡萄牙驻在这里的主教给我们安排了这个课程。中国的文字实在太难学了，虽然在来中国之前，我在卡伯拉修道院接受过两年的训练，可真正到了这里，还是一塌糊涂。我还得学习满文，他们的皇帝和许多臣民也都说满文。大清帝国就是满人打下来的天下。

我要告诉你们的是，我现在已经改了个中文名字。我们在报册前，必须得有个中国名字，才能上报给皇帝。我叫郎世宁，世宁，就是世代平安宁和的意思。我的同伴大卫刚被起名为罗怀中，法国的两个同行也分别被改名为杜德美和戴维德。罗怀中的名字更有意思，就是要从心里效忠大清帝国的意思。我们相处得非常好，就像亲兄弟。

以后，在这里，如果有谁问我叫什么，我就得这样说，免贵姓郎，叫世宁。

是不是觉得挺有意思呢？

再见，亲爱的妈妈，请代我向莉达姐姐、芭特丽琦亚奶奶、尼古拉斯神父亲切致意！中国现在还没有真正意义上的邮政，这封信，我只能让明天就返航的诺车玛·爱思佩仁斯号带回去。也许，这是我给你们写的最后一封信。我请你们不要悲伤，等我在这里完成了我的使命，我就回到圣·马塞力诺，和你们相聚，再不分离。

　　无论我怎么忙，每天在做弥撒的时候我都会想念你们的。此刻，虽然我们之间相距大约有几万公里吧，但我们的心是在一起的。我爱你们，正如你们爱我。

朱塞佩·伽斯底里奥内

写于澳门圣保罗大教堂

1715年8月24日凌晨

　　书信寄出，他长舒了一口气，这时，大卫进来了。他说："大卫先生，从今往后，朱塞佩·伽斯底里奥内的名字将不再有人提起，我姓郎，名世宁。"

　　大卫也笑了："从今往后，我姓罗，名怀中。"

　　二人相视一笑。

　　最让郎世宁头疼的是，学习中文和满文。好在广州巡抚杨琳派了个会拉丁语的教友当通事，情况才稍稍改善。这位通事也是个教友，两年前来澳门天主教会学习过，据说，他是位清朝的贵族，正宗的旗人，叫寿山。他的阿玛是一位贝勒，相当于一个较高级别的皇室贵族。寿山说一口标准的京腔，郎世宁才知道，他们在葡萄牙学的中文根本用不上，于是，只得再跟着寿山学习北京官话和满语。大家称呼寿山为寿公子。

　　寿山穿着长袍马褂，年纪和他们差不多，随从们叫他小爷。郎世宁很奇怪，随从们为什么叫寿山为小爷？见郎世宁奇怪的眼神，寿山说："诸位远涉重洋来的教友，我们大清国的臣民主要是满人和汉人，现在，我就简单地给大家介绍一下满族和汉族的称呼。"

接下来，寿山就给大家讲解。他说，满族称呼与汉族称呼不同，称父亲为阿玛，母亲为额娘，儿子叫阿哥，女儿叫格格。仆人称男主人为老爷，称小主人叫小爷。儿子叫母亲除额娘外，俗称奶奶，而妈妈则是仆妇之称。

旗人间的称谓，因人而异。多是以名上第一字为姓。如某人名祥某，若是一般平民百姓，则称祥子；若是商号老板，稍有头脸的话，则称祥爷；若是当个一般的小官，则称祥老爷；官至知府、同知一流的则称祥大老爷；官至道台以上的则称祥大人；若是官至极品，当个宰相、大学士、军机大臣什么的，则称为祥中堂了。

官员间的称谓也各有所循，同知、州县等官见了上司自称卑职，知府对上司自称卑府，道台对上司自称职道，藩臬对上司自称司里。上司对下属不能直呼名字，称之曰"老兄"，自称兄弟。但下公事时，在札示渝贴上，则称之曰"该府该县"，但口头上则呼之曰"某大哥"。其他如大臣对皇帝的称呼，大臣间的相互称呼，对太监的称呼，对宫女的称呼等，还有许多区别。

这堂课，郎世宁听得稀里糊涂，不过后来，到了北京城，了解了一些满族的风俗，也就见怪不怪，习以为常了。

两个月后，寿山接到杨琳公函，命他带上郎世宁等人到广州接受询问。两天后，郎世宁等人来到了广州。广州比澳门还大，还繁华。两只高大的石狮雄踞在府衙两侧，甚是威武。郎世宁不解，为什么中国的府衙门前用石狮把门。他悄悄地问罗怀中，罗怀中说，狮子是百兽之王，威力非同凡响，选择石狮子为守护神，辟凶纳吉再理想不过了。衙门口放置石狮，除了辟邪外，更多的是对人的威慑。

接见教士们的地方，并不是府衙大堂，而是大堂后面的一个清静的内宅。杨琳头戴红宝石珊瑚顶戴，圆锥形绿呢暖帽，帽后三眼花翎，身着狮子补服、五爪九蟒的袍服，手里拿着扇子。他坐在太师椅上，五绺长须，并没有想象中的威严，目光透着尼古拉斯神父般的慈祥。在分别问询过罗怀中、杜德美和戴维德后，杨琳将目光停留在郎世宁身上。

郎世宁觉得他的心脏一下子狂跳起来。

"阁下尊姓大名？"杨琳将一口茶呷在嘴里，看着郎世宁。

"我姓郎……名世宁……"郎世宁用学来的汉语答道。因为心里紧张，有些结巴。

杨琳摇了一下扇子，说："郎教士，不必紧张。来，跟本抚谈谈你们的天主教。"

郎世宁稳了一下慌乱的心绪，说："杨大人，天主的教义很深，我说的可能比较肤浅，但这是我对它的认知。多一个教堂，少一座监狱；多一个基督徒，少一个罪犯……"

这次，郎世宁说的是意大利文，通事寿山在一边翻译。

杨琳边听边点头，最后说："郎教士，我听说，你除了传教之外，还擅长绘画？"

郎世宁说："大人，只是爱好而已。"

"来人，笔墨侍候，让郎教士为我们留下墨宝！让本抚也欣赏一下西洋画家的绝活！"杨琳笑道。

郎世宁拘谨地说："大人，郎某不敢。"

杨琳说："又不是砍下你的头，有什么不敢的？年轻人，放松心情便是。"

郎世宁只得点头："大人，那我就献丑了。您要我画什么呢？"

杨琳想了想："就画那盘子里的橘子吧！"

"好的，大人！"

郎世宁说着，从随身的口袋里掏出一支铅笔来，在侍从刚刚准备好的案几上画了一幅橘子的速描，并通过侍从将画递到了杨琳手里。他并没有用案几上的毛笔和砚台里的墨汁。

杨琳接过："这就是你们的西洋画法？"

郎世宁说："是的，大人。"

杨琳说："画得倒挺像那么回事，可细看，还不如我们的中国画有神韵。"

郎世宁脸上一热，看了看一旁的罗怀中他们。

"爹，您怎么能随便妄评人家的画呢？中国画和西洋画是两种技法。"

　　一个清脆的声音从外面传来。话音未落，一个蝴蝶般的身影飘了进来。杨琳抬头，是他的宝贝女儿兆和。

　　兆和十七八岁年纪，娇巧玲珑的身段，穿一身白色衣裙（后来，郎世宁才知道，杨兆和穿的是白底红花的旗袍），齐眉的刘海儿，长着一双笑吟吟的眼睛，微微上翘的嘴角，像一朵白色的开在故乡圣·马塞力诺后山上的雏菊。让郎世宁感到意外的是，和其他中国女孩不同，兆和竟然长着一双天足。

　　"兆和，不得无礼！这几位是西洋来我国的传教士。"杨琳说着又看了看郎世宁等人，"这是小女兆和，平日里让我宠惯了，见笑。"

　　兆和抬起桌子上的画稿，说："爹，您还说人家画得不好，这橘子画得像树上长的似的。郎教士，请为我画一幅肖像画，好吗？"

　　兆和说着，用一双清澈的眼睛看着郎世宁。

　　郎世宁没有直接回答，抬眼看了看杨琳。

　　杨琳说："兆和，不许胡闹，回后堂找你母亲去，为父是在和教士们谈正事呢！"

　　兆和说："爹，让洋教士给女儿画幅肖像画，就是正事啊！刚才，郎教士画的那张橘子图，只是张素描罢了。人家深藏的画技还没拿出来呢！"

　　杨琳听女儿这样一说，看了看郎世宁："郎教士，那你就为小女画上一幅。如果画得好，我就在递给皇帝的奏折上多美言几句。皇上开心了，你们在北京城也就站住了脚。"

罗怀中捅了捅郎世宁的腰，郎世宁会意："谢大人！"

接下来，连续一个礼拜，郎世宁都和兆和在一起。起初，杨琳不同意，郎世宁说，只有这样，才能将小姐画得传神。最后，杨琳禁不住女儿的软磨硬泡，只好同意。

让郎世宁意想不到的是，兆和竟然能说一口流利的英文。郎世宁也会一些英文，因此，二人交流起来并不觉得吃力。兆和常常被他笨拙的英文逗得笑出声来。兆和说，她的英文就是一位来华的英国传教士教给她的。

"他叫马礼逊，是我的英文老师，去年的春节，去了北京。现在，是北京北教堂里的神父。据说，很得皇帝的赏识。你去北京后，可以去找他。"

郎世宁用意大利的礼节，一边耸耸肩，一边伸出大拇指和食指圈成"O"形，其余三指竖起，连连说："谢谢你，杨小姐。"

兆和被郎世宁幽默滑稽的样子逗得笑出声来。

第四章

神秘的女书

在郎世宁眼里，中国，绝对是个无从想象的神秘世界。在澳门和广州逗留，他就看到十几种不同装束、操着不同口音来自不同民族的男女。给兆和画肖像画时，兆和悄悄领着他到街上转，给他做过介绍，诸如壮族、瑶族、土家族、苗族、侗族，都是一些他闻所未闻的。

"郎教士，家父说，除去满汉，我们大清国有五十多个民族呢！"回到府里，杨兆和看着满脸惊讶的郎世宁说，"他们都有各自的风俗习惯，使用着不同的语言和文字，家父在湖南永州任职的时候，还发现了一种只有女人使用的女书。"

"女书？"

"对！就是女人的文字，也叫女字，是一套奇特的汉字。家父为此做过专门的考证，它诞生在宋朝，女书的故乡江永县在很偏僻的地域，而且是在永州南端，跟广西交界的南岭山脉的都庞岭中。我那故去的奶娘，就是一位忠实的女书使用者。去世前，她还用女书给我抄了一首诗。"

杨兆和说着，从书架上拿起一个精美的木函，打开，小心翼翼地取出一封信来，展开，上面书写着娟秀奇特的文字。

杨兆和说，女书脱胎于方块汉字，是方块汉字的变异。她父亲经过多年研究，发现，女书基本单字共有一千左右。女书字的外观形体呈长菱形的"多"字式体势，右上高左下低。斜体修长，秀丽清癯。乍看上去，酷似许多中药铺里刻在龟甲上的古文，细看又有许多眼熟的汉字痕迹。

"杨小姐，能不能告诉我，这首诗写的是什么?"郎世宁说。

兆和笑了笑，指着用女书书写的诗句，轻轻吟道：

> 关关雎鸠，在河之洲。窈窕淑女，君子好逑。
> 参差荇菜，左右流之。窈窕淑女，寤寐求之。
> 求之不得，寤寐思服。悠哉悠哉，辗转反侧。
> 参差荇菜，左右采之。窈窕淑女，琴瑟友之。
> 参差荇菜，左右芼之。窈窕淑女，钟鼓乐之。

郎世宁挠着头，只是觉得这首诗的韵味很美，但他听不懂这首诗讲的是什么。他看了看兆和："杨小姐，能不能给我讲一讲，这首诗的含义和出处?"

兆和说："当然可以。这首诗出自我国最古老的诗文典籍

《诗经》，它叫《关雎》。这首短小的诗篇，在我们中国的诗词中占据着特殊的位置。它是《诗经》的第一篇。"

接下来，她将译文说给郎世宁听。

"关关和鸣的雎鸠，相伴在河中的小洲。那美丽贤淑的女子，是君子的好配偶。参差不齐的荇菜，从左到右去捞它。那美丽贤淑的女子，醒来睡去都想追求她。追求却没法得到，白天黑夜便总思念她。长长的思念哟，叫人翻来覆去难睡下。参差不齐的荇菜，从左到右去采它。那美丽贤淑的女子，奏起琴瑟来亲近她。参差不齐的荇菜，从左到右去拔它。那美丽贤淑的女子，敲起钟鼓来取悦她。"

"杨小姐，你们中国的古诗真是好听。"

"你们意国，有没有像我们中国这样的诗歌呢?"兆和说着，脸上泛起了红晕。

"当然有。比如，我们意大利的大诗人但丁的《啊，你经过爱情的道路》。"

"能不能朗诵给我欣赏?"

"当然能!"

接着，郎世宁就用并不流利的英文给兆和朗诵起但丁的这首诗。

啊，你经过爱情的道路，
一面等待，一面想看清楚
谁的痛苦会像我的那样严重;

我求你只听听我的倾诉，
然后再行考虑
种种痛苦是否都往我身上集中。
我的幸福不多，爱情于我无补，
但爱情有其崇高之处，
使我的生活既甜蜜，又轻松，
因为我常听得背后有人把话儿吐：
"神啊，你有什么高贵之处
使人们的心儿如此秀美玲珑？"
出自爱情金库的所有英勇行为，
在我身上已完全消失，
我真是可怜已极，
因而一句话也说不出嘴。
我很想仿效那些人儿
为了害羞，他们隐瞒自己的缺陷
而我，表面上喜喜欢欢，
内心却是痛苦与哭泣。

郎世宁朗诵完，冲着兆和优雅地鞠了一躬。
"真好听！意国的诗词果然和我们中国的大为不同。谢谢你，郎教士。"
"杨小姐，我可以将你的女书放在你的画中吗？"

"当然可以。"

几天后，当郎世宁将一幅精美逼真手持用女书书写《关雎》的团扇的兆和半身肖像画呈给杨氏父女的时候，杨琳简直不敢相信自己的眼睛，一个劲点头称赞："像！真像！郎教士，你的西洋画法果然不一般啊！皇上一定会赏识你的！放心，我会在奏折上替你多多美言。"

此时的兆和却不说话，含情脉脉地看着郎世宁。郎世宁忙将头扭到了一边。他知道那眼神里蕴含着什么。几天的形影不离，他早已洞察到了这个少女火热的心。可他是教士，不能谈感情的，更不能结婚。他不能害了这个纯洁的少女。

不过，这一切，都没有逃脱罗怀中的眼睛，回到驿馆，他用不流利的汉语说："郎世宁，杨小姐在给你递秋波呢！"

郎世宁说："秋波？秋天的菠菜?!"

一行人被逗得笑出声来。

三天后，圣旨到，郎世宁等人在寿山的带领下，坐上一辆带篷的双轮马车离开广州，远赴北京。可能是考虑到他们的特殊身份吧，政府特意用这种马车来送他们。临行前，兆和前来送行，将写给马礼逊的推荐信和一件御寒的夹袄递给郎世宁，然后，转身拭泪离开。

看着兆和渐渐消失的背影，郎世宁用并不流利的汉语，大声喊道："杨小姐，请一定记得我，我姓郎……名世宁……"

接连几天，郎世宁一直沉浸在对杨兆和的回忆中。这个东方女孩，留给他的印象太深了。如果他没怀揣着远赴东方传教的使命，如果他不是一个虔诚的教士，面对这位圣洁的东方女孩的深情，他一定会留下来，和她厮守一生。可现在，他只能将这份美好深埋在心底。

"如果有来生，请一定让我静静地守护在她身旁……"他在心里默默祈祷。

他们从广州出发，然后，取道郴州、衡阳、长沙、武汉、开封，最后直达北京。时令已是秋天，看着这一路的绿水青山，郎世宁想，中国的风景，甚至比他的故乡还令人沉醉。等安稳下来后，他要把中国的风景画下来，找机会寄给妈妈、姐姐，还有亲爱的邻居芭特丽琦亚奶奶和尼古拉斯神父，让他们也感知一下中国风景的独特魅力。当然，还有这位刚刚离开的东方女孩。

大家看透了郎世宁的心事，相互说笑着分散他的注意力。

杜德美用不流利的汉语看着郎世宁微笑："郎先生，那个美丽的中国小姐，看起来对你蛮有意思的！"戴维德也说："的确有情有义，还送你一件夹袄，怕你冻着。如果是我，就留下来，做个洋女婿！"罗怀中也说："郎先生，你沉默少言，是不是在想着她？"郎世宁说："几位先生，你们就不要打趣我了。我现在最担心的，就是我们的圣教会不会得到中国人的认可。"

罗怀中说："你就不用太担心了。"

郎世宁看了一眼窗外无边无际的风景，说："中国，好大啊！咱们意国可能只相当于这儿的一个省。中国人口之密集，民族种类之多，语言的丰富，信仰和文化的差异，都会给基督的传播带来无法想象的困难啊！"

"不是说了吗？中国是一块广袤的土地，我们现在就是这块土地上的几粒芥菜种子，但等到长成大树，那时，自然就会有鸟儿将我们的种子播撒四方。更何况，在我们之前，已经有许多同道将这希望的种子埋在了这块肥沃的土壤里，有的已经发芽、生根，甚至开出了花朵。"罗怀中指了指寿山，说："寿公子不就是我们的同道在这里结出的果实吗？"

郎世宁点了点头。

来中国前，郎世宁对大清国的历史做了一个比较系统的了解。他知道，一百年前，建州女真部首领努尔哈赤建立后金。二十年后，皇太极改国号为大清。十几年后，李自成的农民军攻占明朝国都北京，驻守山海关的明将吴三桂降清，摄政王多尔衮率领清军趁势入关。同年，顺治帝迁都北京，从此，清朝取代明朝统一全国。

大清国，从努尔哈赤——他们的第一任皇帝开始，又历经了皇太极和顺治皇帝，到现在的康熙帝，历经四代君主。从1644年的清军入关到现在的1715年（康熙五十四年），整整七十一年了。

几位皇帝中，郎世宁对康熙帝多做了一些了解。他在葡萄牙卡伯拉修道院接受两年的传教训练时，他的老师对他说，去中国传教，必须先了解中国的历史和文化，而大清国的历史尤为重要。要了解大清国，就必须了解他们的历代皇帝，了解现在的皇帝康熙帝是你们打开东方传教之门的窗口。他的老师还给他们讲过有关康熙帝的故事。

老师说，公元1669年，康熙帝正式亲政。这位蓄势待发的少年天子，坐上至高无上的王权宝座，就显示出不可遏制的治国雄心。他十四岁时就亲自谋划铲除了位高权重、专横跋扈的大将军鳌拜，又先后平定三藩之乱，在东北反击沙俄，在西北扬威平叛；对内治河安邦，富国裕民，肃清吏治。这位天子，既能纵横疆场、运筹帷幄，又能经世济民、安邦治国，达到中国人的儒家标准"内圣外王"的境界。康熙帝的继位颇具传奇色彩，他的父亲顺治皇帝在二十七岁那年得了天花，临死前，确立三子玄烨也就是后来的康熙帝为皇储，理由是，玄烨是他所有孩子中唯一得过天花并具有免疫力的。年幼的玄烨曾经患过天花而不死，奇迹般地存活了下来。

这位少年天子死里逃生，也真够传奇的。现在，这位开明贤良的君主已是一位六十岁左右的老者了。郎世宁感叹着易逝的时光，想象着，进京后面见康熙帝的情形。

由于有寿山带路，所以一路上畅通无阻。路上他们做得最多的事，就是跟寿山学习汉语和满语。虽然走的是官道，可坐在马车上跑长途，郎世宁一行人体验到了马车带给他们的颠簸和连续不断的摇晃。这哪里是路啊，分明就行进在车辙里。不过，法国的戴维德却笑着称之为魅力独特的中国旅行。路上，中国人看见他们金发碧眼的相貌，都好奇地过来围观，评头论足。在这些中国人的眼里，他们不是人，是怪物、妖精。刚开始，他们觉得有些紧张，时间久了，也就见怪不怪了。寿山给他们一人买了一个长长的带着面纱的帽子，遮住他们的脸。

在澳门，郎世宁跟着寿山学习过汉语和满语，但只是很少的几句生活用语。这次，寿山要利用旅途的休息时间，给他们做更详尽系统的讲解。这天傍晚，他们到了郴州地界，在一个前不着村后不着店的树林里住下。为了御寒和防备野兽，他们点燃一堆篝火。吃过干粮后，寿山给他们每人发了一本厚厚的汉语书。看着这厚厚的书，郎世宁觉得头都快涨破了，好在有寿山耐心地讲解。

每天，郎世宁都会指着眼睛所看到的事物问寿山叫什么，没过多久，郎世宁就能说一些简单的中文，能和寿山做一些简短的对话了。郎世宁想，照这样的速度，也许用不了多久，他就能和中国人用汉语做面对面的交流了。

突然，一支箭呼啸而来，射在郎世宁他们面前的空地上。紧接着，几十个蒙面汉手持钢刀出现在他们面前。

寿山亮出长剑，大喊："有强盗！"

第五章

≈

匪穴脱险

郎世宁等人被围在中间。天黑，彼此看不清对方长相。因为语言不通，大家默默祈祷着。

寿山显得很冷静，他用剑指着围上来的汉子，大声说："抢劫朝廷官员，该当何罪?"

为首的汉子说："我们抢的就是朝廷的官员，将他们绑了!"

众人围了上来。寿山挥剑要拼命，被为首的汉子一脚将长剑踢飞。很快，几个人被蒙住双眼捆绑在一起，押到了一座山寨，被绑在五个木桩之上。

当解开他们的蒙眼布时，众人被郎世宁等人的长相惊呆了。

其中的一个汉子说："大哥，咱们绑的哪是人，分明是海外的夜叉啊!"

为首的汉子走过来，借着灯光，打量着郎世宁他们，最后，将目光落在寿山身上，冷冷地说："你是干什么的? 他们是些什么人？怎么都长着一副奇特的相貌？"

寿山说："我不是说过了吗，我是朝廷的人。他们是西洋来的传教士。"

为首的汉子说："传教士？传什么教？"

寿山说："传播西方的基督耶稣。"

为首的汉子嗤之以鼻："天圆地方，中国，就是世界的中心，哪来的西方？什么基督耶稣，都是海外妖人。"

"快放了我们！朝廷追查下来，你们吃不了兜着走！你们是什么人？"寿山知道，跟这伙人难以沟通，先搞清楚对方的身份再说。

为首的汉子说："老子是天地会的。既然你是朝廷的人，那好，马上写信给郴州知府，让他们在一天之内给我们送三千两银子来。过了明天这个时候，就别怪我们不客气了。你，还有这些西洋人，全都扔到后山喂狼。"

寿山说："你们知不知道，你们触犯了大清律法？"

为首的汉子说："我们不知什么大清律法！我们天地会只知反清复明，铲除你们这些满清鞑子！"

原来是天地会的人。寿山眉头紧皱，知道凶多吉少。天地会是朝廷剿杀的民间秘密结社之一。当年，康熙帝征调福建莆田南少林高手为军官，远征西藏，凯旋后，却有人诬告这些高手意图造反，于是朝廷派八旗兵，火烧南少林，将之除灭。有五个少林俗家高手逃脱不死，从此痛恨朝廷，请万云龙做首领，陈近南做军师，于康熙十三年，在木杨城举行入会仪式，建立洪门，以"天为父地为母"，立誓以反清复明为己任，故称天地会。当年，寿山的爷爷就曾带兵围剿过天地会，并在战斗中负了重伤。

寿山苦思脱身的办法。他在思考着，是不是答应他们，给当地的官员写信，让他们出资将他们赎出来。

寿山眉头紧锁之时，紧张的郎世宁却在心头掠过一丝好奇。他的耳边突然响起一个洪亮的声音。

"站住！你的灵魂属于主，钱财归我！"这是大约在公元三世纪，一千五百年前，他们意大利民间传说中的强盗布拉·费利克斯标志性的口头禅。

布拉·费利克斯的名字大意可翻译为"走运的魅力"，他很聪明，罗马军队在各个要害对他进行围追堵截，他都智胜一筹。不过，布拉只抢夺从他身边经过的贵族，不侵犯穷人。

今晚遇到的这些强盗，会不会像布拉·费利克斯，只抢贵族，不侵犯穷人呢？都是强盗，中国的和意大利的会有什么不同呢？不过，从他们打量他们惊讶的眼神来看，郎世宁隐隐感到了不安。

最后，寿山答应，给当地的官员写了封求助信，这些强盗才把他们松开，关到了一个昏暗的房间里。这是一个三面环壁的山洞，一面用粗大的木栅栏紧紧封住，想要脱身几无可能。众人默不作声，默默祈祷。时间像房间内岩石上的水滴，在缓慢地滴答着。

第二天晚上，官府的人仍然没有出现。强盗似乎失去了耐心，将他们绑起来押回大厅。面对明晃晃的钢刀和强盗们暴怒的眼神，他们知道接下来可能会发生的事情。

果然，为首的汉子说："既然官府的人不来救你们，我们也没办法。来人，将他们扔到后山喂狼！"

"他爹，不好了！"一个女人跌跌撞撞跑了进来。

为首的汉子说："他娘，怎么了？"

女人说："爹不行了，快去吧！"

为首的汉子扔下寿山、郎世宁等人，跟着女人走了。从看押他们的强盗嘴里，寿山得知，他们头领的老父亲，几日前突然患病不起了。

郎世宁看了看罗怀中："罗先生，现在能救大家的，只有你啊！"罗怀中疑惑地看着郎世宁："你是说，让我给他的父亲治病？"郎世宁点了点头。杜德美和戴维德认为这个办法行不通，寿山也说："如果治不好，彻底惹恼了强盗，就更没活命的可能了。"

"寿公子，你们中国不是有句古语，叫置之死地而后生吗？"郎世宁看了看寿山，又看了看罗怀中、杜德美和戴维德说："大家都想想，除了这个，还有别的更好的办法吗？与其等着强盗把我们扔出去喂狼，还不如我们抓住机会，或许，还有一线生机。"

罗怀中想了想，说："我试试！寿公子，你和他们说。"

于是，寿山和看押他们的强盗沟通，请求给病人看病。很快，那个为首的汉子走了过来，对寿山说："你们医好家父的病，我就放了你们。医不好，就送你们见阎王！"

经过寿山的翻译，郎世宁他们听懂了强盗的话。

郎世宁看着罗怀中："放心吧，罗先生，我们都会为你祷告的！"

强盗们押着罗怀中和寿山走了。郎世宁、杜德美、戴维德默默祈祷。

罗怀中来到后宅。在 张竹床上，他看到了一个虚弱的脸色蜡黄的老人。强盗头子说，患病的是他的父亲，中午还好好的，晚上不知怎么就打起了摆子。

罗怀中用手摸了摸老人的额头，对寿山说："寿公子，老人患了疟疾，也就是你们所说的打摆子。我的行李箱中有从国内带来的奎宁，可以试一试。"

很快，强盗取来了罗怀中行李箱内的奎宁—— 一种树皮磨成的粉末给老人服下。说来也怪，当天夜里，老人腹泻停止，恢复正常了。当老人听说救他的人是西洋来的传教士时，眼睛里放出光彩，浑浊的泪水夺眶而出。

"十五年前，在一次去河南开封办事的途中，身上的钱物不慎丢失，我走投无路，正要一头栽进黄河，是来自比利时的天主教堂的安多神父救了我。他和我年纪差不多，却用并不熟练的汉语开导我。我感谢他救了我。"老人说。

没想到，事情的结果竟然如此。强盗头子自然对郎世宁等人好一番招待，然后将他们送下山。

路上，郎世宁看了看罗怀中说："罗先生，你说得对，我们的同道早就将希望的种子埋在了这块肥沃的土壤里，不但已经发芽、生根，还开出了花朵。"

寿山说："罗先生，想不到你的药竟如此神奇。"

罗怀中说："谢郎世宁吧！要不是他的主意，说不定，我们现在就成了狼的口中食了。"

郎世宁说："我的老师尼古拉斯神父曾经给我讲过一个神驱赶魔鬼的故事，我想把它讲给大家听。"

寿山说："郎先生，我都等不及了！"

罗怀中、杜德美、戴维德用刚刚学来的中文，异口同声："洗耳恭听！"

郎世宁讲述了这个故事。

他说，从前，有一个希腊的妇女，她的女儿被污灵附身。于是，她恳求神驱除她女儿身上的魔鬼。神对她说："应该先让孩子们吃饱。拿孩子的饼扔给小狗，是不好的。"但妇人回答说："是的！但桌子下的小狗也吃孩子们的碎饼。"神对她说："就凭这句话，你回去吧！魔鬼已从你的女儿身上出去了。"她回到家，见孩子躺在床上，魔鬼已经出去了。

寿山对郎世宁所讲的故事似有所悟，对这个机智虔诚、多才多艺的郎教士竖起大拇指来。离开了险境，一行人畅通无阻，两个月后，他们到达了开封。过黄河的时候，郎世宁睡着了，大家不忍打扰他。

醒来时，得知已渡过黄河，郎世宁直拍大腿，说："黄河是中国的母亲河，她孕育了中国几千年的历史和文化。我错过了一次最好的机会，不知何年何月，我的双脚能再次踏入黄河边。"寿山见郎世宁失望的表情，安慰说："郎教士，等你安顿好了，随时可以来看黄河。到时候，我陪你！"

"一言为定！"

"一言为定！"

时间在车轮的碾压中向前奔驰。

转眼，郎世宁一行人离开广州已经两个多月了。时令已经是冬天，天空中飘着雪花，大地白茫茫一片。披着兆和给他的夹袄，郎世宁的身心被温暖包围着。昨晚，在客栈中，他居然梦见了兆和。她叮嘱他天冷了，多加衣。醒来时，郎世宁很是惆怅，不知今生今世，还能不能遇到她。

"请祝福她一切安好吧！"他在心里祈祷着。

也不知前方是哪儿，黄昏的时候，马车驶进一个偏僻的村子。雪仍然在下着，街道上几乎没有一个行人。这时，一阵急骤的犬吠声传来。郎世宁打开车窗，他看到一个大户人家的宅门外，一只大黑狗正将一个十来岁的小乞丐按在爪下撕咬，小乞丐本就单薄的棉衣被撕扯得棉絮乱飞。郎世宁来不及细想，跳下车，捡了块砖头俯身冲了过去。那狗见这架势，夹着尾巴跑进门洞内去了。小乞丐见郎世宁救了他，扑在他的怀里直哆嗦。

郎世宁这才发现，小乞丐是个身体瘦弱、满面菜色、衣衫褴褛的小姑娘。

郎世宁摩挲着小姑娘的头，用不流利的汉语说："别怕，孩子！"

小姑娘惊讶地打量着郎世宁，说："我饿！"

郎世宁回到车上，从包裹里拿出干粮，递给小姑娘，小姑娘狼吞虎咽地吃了起来。

郎世宁说："别着急，慢慢吃，还有！孩子，你叫什么名字？"

小姑娘说："我叫铃铛。"

郎世宁说："车上拴着的铃铛吗？"

小姑娘点了点头，看着郎世宁："还有吗？"

郎世宁又将一块干粮递给她，她看了看他，朝他鞠了一躬，转身跑了，很快，就消失在风雪里，不见了。

郎世宁在胸前画着十字，祈祷着："请保佑这个可怜的孩子吧……"

这时，走来一位骑驴的老者，寿山迎住："老人家，这是什么地方？"

　　老人说："这是张家庄，往前走二十里，就是保定府！"

　　老人走后，寿山说："几位先生，出了保定府，再有三五天，就到北京城了！"众人吹呼起来。

　　天有些晴了，太阳从云隙里钻了出来，将天边的云彩镶了一层金边。透过稀疏的雪花，郎世宁忽然觉得眼睛有些湿润了。似乎，北京城就出现在他的视野里。

　　此时的他再也抑制不住内心的激动，在心底默默地说：

　　"亲爱的妈妈、姐姐，亲爱的芭特丽琦亚奶奶、尼古拉斯神父，用不了几天，我就到中国的北京城了！"

第六章

~

初进紫禁城

三天后的中午，他们到达北京城外。

寿山在车窗外喊："北京到了！"

大家跳下车。马车停在一处高岗上，太阳暖暖地照在身上，不远处，一座高大的城楼雄踞在眼前。这座重檐歇山三滴水楼阁式建筑，装饰了琉璃瓦脊兽，远远超出了郎世宁的想象。来中国几个月，也在好几个城市穿梭，可如此雄伟的城楼，郎世宁还是第一次看到。

郎世宁将帽子抛向空中，用笨拙的汉语喊道："北京，我来了！"

罗怀中、杜德美、戴维德见状，也纷纷将帽子抛向空中，欢呼着。一年多的海上漂泊，近半年的陆上行走，为的不就是这个激动的时刻吗？

寿山说："北京城的城门多着呢，有'内九外七皇城四'之说。这座永定门是北京外城七座城门中最大的一座，也是从南部出入京城的通衢要道。其他的城门，各有其能，你们以后慢慢就了解了。"

一队拉着骆驼穿着翻毛羊皮袄的商旅从城门中缓缓走了过来。上百匹骆驼高高的驼峰上驮满了货物。烟尘中，响起阵阵驼铃声。

郎世宁被眼前的情景深深地震撼了。当晚，他们被安顿在葡萄牙传教部，一位官员把他们安全抵达的事情禀报康熙帝。晚饭后，寿山在此和众人依依惜别。近半年时间的朝夕相处，他们和这个中国的满族青年结下了兄弟般深厚的情谊。

第二天早上，他们在葡萄牙北京主教的率领下，乘坐皇帝派来的马车，来到天安门外。迎接郎世宁的那位官员一路给他们做着介绍。他说，天安门是明清两代北京皇城的正门，始建于明朝永乐十五年（1417年），最初名"承天门"，寓"承天启运、受命于天"之意。

郎世宁想，中国人真是讲究，一座皇宫的大门就有这么多说道。一个时辰后，他们被带到了皇宫内一个叫乾清宫的地方。这是座气势宏伟的大殿，前露台两侧有两座石台，石台上各设一座鎏金铜亭。

在门外等候的时候，那位引路的官员向他们做着介绍。

官员说，这是皇帝居住和处理日常政务的地方。皇帝在这里读书学习、批阅奏章、召见官员、接见外国使节以及举行内廷典礼和家宴。这两座鎏金铜亭，称作江山社稷金殿，象征江山社稷掌握在皇帝手中。

郎世宁举目望去，在乾清宫金殿深广各一间，每面安设四扇隔扇门，重檐，圆形攒尖式的上层檐上安有铸造古雅的宝顶。殿前宽敞的月台上，左右分别有铜龟、铜鹤、日晷、嘉量，前设鎏金香炉四座，正中出丹陛，接高台甬路与乾清门相连。

官员说，殿外的露台上左右各有一只乌龟，各有一只仙鹤，取龟鹤延年之意，象征江山社稷万代相传。东侧的日晷是计时工具。西侧设有嘉量，是计量器具。这两件陈设象征皇帝在时间上和空间上都是公正无私的，对天下百姓都是坦诚、平等的。

罗怀中悄悄地说："看，铜龟！"

郎世宁的眼前浮现出了在大海上见过的那只巨大的海龟。

乾清宫的南庑房有一南书房，官员悄悄介绍，年少的康熙帝就在这里智擒了鳌拜。

郎世宁研究得最多的就是这位即将面见的康熙帝。不知道这位雄才大略的康熙帝长什么样。想着马上就要看到这位让人敬仰的异国皇帝，郎世宁的心不由得紧张起来。

"皇上有旨，宣西洋人进殿！"

一个手持拂尘面下无须的男人操着不男不女的口音高声叫道。

郎世宁知道，这是皇宫里的太监。他曾在史书上看过，太监，是指中国古代被阉割生殖器后失去性能力，专供都城皇室役使的男性官员。皇城内不少下层小太监，终日辛苦劳作，到暮年离开皇宫，也没见过皇帝一面，可见皇城之大。可当他亲眼目睹了书中介绍的这类只有在中国独有的特殊的男人时，还是好奇地睁大了眼睛。

引领他们面圣的官员称这太监叫张公公。在张公公的引领下，他们走进了乾清宫内。

巨大的殿内，金砖铺地，正殿宝座上方悬有"正大光明"匾，宝座上，坐着一位精神矍铄、身穿龙袍的老者。

三拜九叩过后，皇帝说："平身！"

通事翻译过后，郎世宁他们才起身，坐在一旁的座位上。郎世宁小心翼翼地打量着康熙帝。这位老者，就是当年那位雄才大略的少年天子？算起来，他已是六十一岁的老人了。

在问询杜德美、罗怀中、戴维德后，康熙帝将目光停留在郎世宁身上。刚刚，郎世宁听了皇帝跟几个教士轻松的交谈，紧张的情绪变得舒缓了许多。皇帝博学多识，平易近人，说话风趣幽默，看上去不像是什么威严的帝王，而是位慈祥的老人。郎世宁如何也想象不出，这就是年幼时患过天花而不死，奇迹般地存活了下来的那位少年天子。

"郎教士，朕听说，你是个画师。什么时候给朕画一幅画，让朕开开眼，见识见识郎教士的画作啊？"康熙说着，从宝座上站起身来。

"皇上，您想让我给您画什么呢?"郎世宁说。

康熙说:"朕一时也想不出什么来。这样吧，给你半月时间，将画作呈上来，让朕见识一下你的画艺。"

"好的，皇上!"郎世宁说。

康熙接着说:"朕自幼对西学耳濡目染，青年时更是热衷于西方科学。当年，汉人钦天监杨光先、吴明炫与比利时国的南怀仁教士关于历法推算有过一场较量。那件事，使朕明白，如果朝中的大臣都不知道西方科学的原理，又怎么能断定那些理论的正误呢?于是，朕发奋学习西学。南怀仁教士是朕的老师，为我大清立下汗马功劳，朕一生都忘不了他啊!"

康熙满怀深情，目光望着殿外，似乎陷入了对往事的回忆中。

郎世宁听老师讲过南怀仁、利玛窦、汤若望等几位来华杰出教士的故事。南怀仁也是天主教耶稣会教士，擅长机械制造，善历法，懂兵器。他还当翻译，搞测量，教数学。在二十九年的传教生涯中，他专心从事宣传福音的工作。经南怀仁的努力，一批长期被流放在外的传教士得以回归教区工作。

南怀仁曾在大清与俄罗斯等国的外交接触中担任过不可缺少的角色。1676年5月15日(康熙十五年四月初三日)，沙皇俄国派遣的特使尼果赖等一行到达北京。这位使臣虽掌握希腊文、拉丁文等多种欧洲语言，却不通晓任何东方语言。通晓多种欧洲语言又精通满语与汉语的南怀仁成为此次中俄沟通的桥梁。由于平叛战争、抵抗外敌侵略和统一中国的需要，康熙年间曾大量制造火炮，南怀仁也对此做出了巨大的贡献，经他之手制造的轻巧木炮以及红衣铜炮就有五百多门。

这时，康熙帝说："朕一遇到困难的时候，就想起南怀仁教士啊！你们刚来，可能还没看到地安门钟楼上那口大钟吧，那就是南怀仁和汤若望教士运用西洋的机械安装上去的。"

康熙帝说，当年，南怀仁奉召进京不久，他协助汤若望教士完成了一件相当困难的事情，那就是要设法把一口重达十二万斤的大钟悬挂在钟楼里。南怀仁和汤若望经过实地查看，商定了移动和吊起大钟的方案——使用滑轮机械。在他们的指挥下，二百名工匠齐心协力操作，终于将大钟移到了预定位置。

"还有运送孝陵大石牌坊的石料过卢沟桥，也是南教士为朕解决的难题啊！"

康熙帝说，南怀仁在他继位的第八年回钦天监任事，他在治理历法、制造观象台仪器的同时，奉旨完成一件与钦天监工作毫不相干的重要任务——运送孝陵大石牌坊的石料过卢沟桥。南怀仁当时说，石块重达十二万斤，放在十六个轮子的特大平板上，套三百匹马来拉，这么多的马匹挤在狭窄的桥上，不易驾驭，如果统一不了步调，马匹拥挤蹦跳，可能产生难以估计的巨大震动。假如这样，卢沟桥这数百年的老桥恐怕就承受不住了。他经过实地考察，认为改用绞盘来牵引最为稳妥。

他的方案被工部采纳。在他的亲自指导下，制成了足以拉动巨石的滑轮和绞盘。运石过桥那天，他亲临现场。桥的西面设十二个绞盘，每个绞盘由八名大汉推动；桥的东面设六个绞盘。东西两端的绞盘用粗大的绳索相连，启动的命令一下，鼓乐齐鸣，绞盘拉动绳索，绳索牵引着十轮运石车稳稳当当地通过了卢沟桥。

康熙帝说到这里，走到殿中间，环视了一下众人，说："为我大清做出卓越贡献的传教士还有很多，朕之所以提起南教士，是因他是这些传教士的榜样。朕希望你们能和南教士一样，造福我大清子民，为我大清的繁荣昌盛，做出自己的贡献。先皇在世的时候，就曾和汤若望神父深交，君臣关系十分融洽，甚至给他过继侍从的孩子为干孙子，赐名汤士宏。又封他为钦天监正、太仆寺卿、太堂寺卿，官至正一品，赐他'通天玄师'的称号，并在万寿节亲自到他的住处给他过生日，酒宴甚至摆到了教堂外。朕的祖母孝庄太后，也曾佩戴过十字架……"

郎世宁想，这康熙帝果然是位圣明的君主，看来，传教有望了。

四人忙说："陛下，臣等一定竭尽全力。"

"西洋的教义违反中国正统思想，只因为传教士懂得数学基本原理，国家才予以聘用。"他又表示诧异道："你们怎能老是关怀你们尚未进入的未来世界而漠视现实的世界？其实万物是各得其时的。你们暂时住在东堂，学习中文和满文，待时机成熟，为国效力。"

四人异口同声："是，陛下！"

郎世宁仍有些不解地看了看康熙帝。老师告诉他，皇帝是准许天主教在华自由传教，特地下达"容教令"。皇帝认为西洋人并未做违法之事，天主教也不是左道惑众，因此没限制洋人在中国传播天主教，态度十分开明。康熙帝对天主教教义也有较深的了解，他曾赐地建盖天主堂。完工后，他又亲题"万有真原"匾额，加上刚才回忆起汤若望和南怀仁教士来，满怀深情，郎世宁以为，此次传教必会顺风顺水。没想到，皇帝对他们来华传教的态度不甚明朗。

其实，早在郎世宁他们来华的前十年，也就是康熙四十三年，教皇就发布了一项禁令，对中国的天主教徒提出诸多要求，其中最核心的有两点：第一，不得祭拜孔子；第二，不得祭拜自己的祖先。这项禁令明显针对中国的传统。在康熙帝看来，中国人都不禁止崇奉儒家思想的人信天主教，天主教却禁止中国教徒遵守自己国家的传统伦理，这简直就是不讲道理。于是，导致双方原本亲密无间的关系破裂，这才亲自下令禁教。

实际上，今天，康熙帝已经很客气了。只是，郎世宁他们并不知情罢了。

第七章

待诏画师

北京的冬天真冷，呼啸的北风时常夹杂着晶莹的雪花。在郎世宁的眼里，冬天是新奇的。他的故乡，冬天是个温和多雨的季节，除了远远地眺望阿尔卑斯山顶常年不化的积雪，雪，对他来说，只是一种想象。

将雪花捧在手里，郎世宁的思绪随同北京城上空掠过的鸽群，飞到故乡去了。昨晚，他梦见了美丽的圣·马塞力诺，梦见了妈妈、姐姐、芭特丽琦亚奶奶、尼古拉斯神父。芭特丽琦亚奶奶像小时候那样，将刚刚烤好的面包塞到他手里："吃吧孩子，烤箱里还有呢！"

好温暖的梦啊！

醒来后，就看到天空中飘起了雪花。

见郎世宁如此兴奋，通事姚子昂说："郎教士是第一次看到雪吧？"

姚子昂身材瘦高，年纪看起来和他差不多，戴一副玳瑁眼镜，穿绳挂于耳后，看起来很是滑稽。不过，他会几国的语言，是个通才，颇受朝廷器重。

郎世宁点点头："姚大人，在我们家乡，几乎是看不到雪的。"

"喜欢吗?"

"喜欢!"

"那好，我们的课程就从一首写雪的诗词开始。只是，不要叫我姚大人。我只是朝廷派来教你们汉语和满语的一个小小的通事，你们就叫我姚先生好了。"姚子昂拍打着身上的雪花，吐着哈气。他的胡子上、眉毛上，罩上了一层白霜。

"好的，姚先生!"

早餐过后，姚子昂令人给郎世宁他们送来了中式衣服，让他们换上了一条棉布裤头和白色带底的棉布袜，一条挺厚的、宽大的、可以随意两面穿的布裤子。穿好后，用一条绳子系上，用一种布条把裤子下边和袜子扎在一起。外面，再套上一件灰色布面、絮有棉花的长袍，右边有金黄色的扣袢需要每次系上。如果想出门更暖和的话，最外边还要再加一件短棉袄。这种棉袄是用蓝色的棉布做的，特别宽大。头上戴着帽子，周边是圆的，头顶处压得平平的，没有帽檐。帽子是用黑丝绸做面，顶上有个红缨，上边有四块很好的动物毛皮，可以随意翻下来，用来护住耳朵、额头或者脖子。

其实，换给郎世宁他们的，是当时清代的棉袄棉裤，以及外穿的棉长袍、棉马褂、瓜皮帽。这是康熙帝怕他们冻着，御批的。同时，还发给他们另外一套进宫的衣服。

郎世宁他们已经有了一些中文基础，虽然学起来仍然很吃力，可是跟刚来澳门的时候相比，他们已经能说一些笨拙的汉语和满语了，甚至能用汉语和满语做一些简单的交流了。

在郎世宁看来，汉语是自成的一个独立语系，世界上几乎没有任何一种语言与之接近。满语和汉语几乎没多大关系，二者的差别就如同英语与汉语。无论是从发音，还是从语法、词法关系上，二者都迥然不同。对来华的教士们来说，满语和汉语是他们必修的两门外语。

满族是个神秘的民族，在中国，仅有很少的一部分，可当年，仅仅二十万之众的满洲铁骑，就能纵横天下，用了不到二十年的时间，灭了建国三百年有着二百多万军队的大明王朝，不能不说是世界历史上的奇迹。

姚子昂吟诵的是纳兰性德的《采桑子·塞上咏雪花》，他用缓慢的语速，用汉语和满语分别朗诵了这首词："非关癖爱轻模样，冷处偏佳。别有根芽，不是人间富贵花。谢娘别后谁能惜，漂泊天涯。寒月悲笳，万里西风瀚海沙。"

郎世宁默默地记着，听着。他只听懂了其中几个字，他也看过中国的古词诗。几个月前，在广州，杨兆和还给他吟诵讲解过《关雎》呢！但对这首诗的理解，和刚听《关雎》时一样，只知道韵味很美，对它的具体含义却全然不知。

接下来，姚子昂分别用汉语和满语解释这首词，他说："我喜欢雪花不在于其轻盈的形态，更在于其在寒处生长。雪花，与牡丹、海棠等人间富贵花不同，而是另具高洁品性。谢道韫是咏雪的才女，在她死后已无人怜惜雪花了，只落得漂泊天涯，在寒冷的月光和悲笳声中任西风吹向无际的大漠。"

经姚子昂一番讲解，郎世宁在眼前想象出纳兰性德的清秀模样来。后来，随着中文和诗词水平的提升，他渐渐对这位英年早逝的康熙帝的御前侍卫有了更深层次的理解。在郎世宁看来，纳兰性德是豪门公子，却心怀山泽鱼鸟之思。他短短的一生，为情所钟，也为情所累。他带着往昔的痛，也带着曾经的爱，化成飞舞于蔚蓝天空下的花瓣，洒向他所爱的人的心田，仿若一颗璀璨的流星，在天际划过，留下绚丽的诗篇。

跟着姚子昂，郎世宁学习了不少中国的诗词，他自己也尝试着写了一些，为他日后的绘画题诗，打下了较为夯实的基础。

不过，眼下，郎世宁愁的，倒不是学习汉语和满语，而是如何在半个月期限内画一幅让康熙帝看后满意的画作。

中午，天晴了，阴云散尽，露出了静湖般宁静蔚蓝的天空。姚子昂说下午没课，他们可以出去逛逛，走走。

北京城很大，姚子昂让他们不要走远。这座天子脚下的紫禁城，繁华热闹，是郎世宁平生未见。如果把澳门和罗马比作一个大大的湖泊，北京城就是个汪洋大海了。而他们，只不过是这巨大的海洋中一条小得不能再小的鱼儿了。

怪不得马可·波罗在这个地方任职多年，他似乎看到了这位老人长满胡子布满沧桑的脸。

这时，郎世宁被眼前的一幅绝美的情形吸引了眼球。在他不远的前方，有一个细面长身的年轻女子，背着孩子摇着辘轳从一眼深井里往上提水。女子穿着绿色夹袄，她背上红色襁褓里的婴儿正在甜甜地睡着。女子将水提上来，倒在井台上的水桶里。太阳暖暖地照在母子俩的身上，使得这眼前的图画显得美丽而温暖。

对中国的水井，郎世宁不陌生。在进京途中，他曾多次从摇着辘轳的农人那里喝水解渴。

一个念头跳进了他的脑海里，送给皇帝御览的画作素材有了。

罗怀中捅了捅他的腰，对他说："郎先生，你在做什么？"

郎世宁做了个以指噤声的动作，指了指提水的女子。

罗怀中疑惑地看了看郎世宁："郎先生，别忘了你的身份。"

郎世宁笑了笑："罗先生，你不觉得这很美吗？"

罗怀中耸了耸肩。

一个礼拜后，郎世宁凭着记忆，画出了一幅《汲水的女人》，罗怀中这才知道那天下午郎世宁观看女子打水的真正用意。画稿完成那天，他拍了拍郎世宁的肩，亲自帮忙将这幅画镶在画框内。

罗怀中说："郎先生，皇帝陛下一定会喜欢你的画的。"

郎世宁抹了抹身上的油彩："但愿！"

第二天，郎世宁将画作通过葡萄牙主教呈递给了皇帝，然后，就是焦急的期盼和等待。

大约过了一个礼拜，他们得到了皇帝召见的消息。那天午后，还是在乾清宫，皇帝召见了他们。三叩九拜过后，郎世宁看到，在康熙帝面前的长长的紫檀木书案上，放着那幅《汲水的女人》。郎世宁的内心很是忐忑，从皇帝的脸上观察不出他对这幅画的态度来。

很快，罗怀中因以精明外科医理，被安置在内廷行走。杜德美和戴维德也接受任命，与传教士白晋等人前往中国各地实地测量，绘制地图。

三人谢恩过后，和第一次召见的情形一样，康熙帝仍然最后将目光落在郎世宁身上。

"郎世宁，你的画作朕看了，画得很像。"康熙呷了一口茶说道。

郎世宁以为得到了皇帝的认可，没想到，皇帝接着说："不过，朕以为，你的画只是在像上着力，而我们的画，是要描绘出人物的内涵来，也就是说，不但要像，还要传神。画家的功力深浅就在于他的画作能不能传神。"

通事将皇帝的话翻译过来，郎世宁显然不能完全理解他说话的真正含义，只是机械地点了点头。他觉得心慌乱得像夏天泛滥的波河之水，额上也沁出了汗珠。康熙帝吩咐一旁的太监将一杯清茶递给他，口气也比刚才舒缓多了。

"这位母亲的棉袄怎么会一边深一边浅呢？一件衣袍怎么会有两种色调呢？你究竟想要表达什么？还有，你将她身上的每一部分都画得那么细致，甚至她棉袄上的每个花纹。现在，朕除了看到你画的这对母子以外，别的什么都没看到。朕并不知道你要表达什么。"

郎世宁咬了咬嘴唇，几次想将他内心的想法说出来，但在罗怀中的示意下，只好闭住了嘴。

皇帝继续说："朕是极其欣赏和推崇你们西洋画的，也知道西洋画法对中国画的启示和借鉴。朕让你们开开眼，钦天监焦秉贞的《耕织图》。"

康熙帝话音刚落，太监将一幅早就准备好的画轴悬挂起来。

康熙帝说："焦秉贞的《耕织图》每画一幅，朕不仅为之作序，每幅题诗一首，还指示将其镂版流传于天下。"

郎世宁细看，这幅画作果然是采用西方画法，重明暗，楼台界画，刻画精工，错落有致，确是画中极品。上面的那些他不认识的题款和诗文，一定是康熙帝的御笔。看来，这位皇帝的诗文和书法的造诣都很深。

康熙继续说："焦秉贞是大清官员，也是天主教传教士汤若望最得意的门徒，他通天文，晓地理，所画花卉精妙绝伦，其山水、人物、楼观之位置，自近而远，自大而小，不爽毫发，系采西洋画法。他曾经奉诏绘《耕织图》四十六幅，村落风景，田家耕作，曲尽其致。这只是其中的一幅，希望对你的画法有所借鉴。"

郎世宁说："陛下，这位焦先生可做我的老师！"

"焦秉贞早在十年前就病逝了。"康熙帝叹息一声，话锋一转，"朕有几个问题要问你。"

"陛下请问。"

"郎世宁，朕问你，泉水为什么不会结冰？"

"因为那是大地的泪水。"

"泪水为什么不会结冰？"

"因为那是从心里流淌出来的。"

"好！"

郎世宁不解，皇帝为什么问他这么多离奇古怪的问题。不过，从皇帝的神态上看，似乎对他的回答很满意。

果然，康熙帝提高了声调，"郎世宁听旨，朕命你为待诏画师，专习中西绘画之法！"

郎世宁被这突如其来的喜悦弄得不知所措，不过，他很快缓过神来，跪倒谢恩：

"臣遵旨！"

直到这时，郎世宁才明白，皇帝下旨让他们来到北京城，是欣赏和认可他们的技术，让他们给大清效力，并没有授权让他们在中国传教的想法。

现在，他们要做的就是必须调整心态和计划，一边专心学习中国的语言、历史和民俗，一边把自己在西方所学毫无保留地贡献给中国，寻找机会，将基督的种子埋在土壤里，等待发芽、开花、结果，然后，让鸟儿将种子衔去四方。

他在心里默默祷告。

第八章

～

中国新年

接下来，郎世宁跟着姚子昂学习汉文和满文。这期间，他一边专心学习中国的语言、历史和民俗，一边研究中国的绘画技法。不知不觉，迎来了在中国的第一个新年。通过这一阶段的学习，他的汉语和满语的水平又有了明显提升，虽然仍很笨拙，但能做简单的对话了。

他指着自己的棉袍，对姚子昂说："姚先生，用不了多久，我就彻底成为大清子民了。"

前些日子，他们在中国度过了第一个圣诞节。他们在教堂内外摆放了好几棵漂亮的圣诞树，和中国的教友们一起度过了一个难忘的平安夜。翌日凌晨，和在国内一样，也举行了子夜弥撒，报了佳音，庆祝主的诞生。他们吃了中国风味的圣诞晚餐，虽然没有火鸡和面包，却也别有风味。耶稣降生的马槽是用彩纸扎的，耶稣像的上方摆着一个红色的祭台，祭台上放着供果。教堂里挂着红色的矩形旗，起初，郎世宁觉得有些奇怪，姚子昂告诉他，在中国，红色越多越好看，红色代表着喜庆。郎世宁这才释然。他甚至高兴地扮演了那位身穿红袍、头戴红帽的白胡子圣诞老人。

除了耶稣，圣诞老人是郎世宁最崇敬的圣徒。这个神秘的老人最喜欢在暗中帮助穷人，最引人津津乐道的是，他暗中送钱，帮助三个女孩的故事。据说，每年的圣诞节，他都会驾着鹿拉的雪橇从北方而来，由烟囱进入各家，把圣诞礼物装在袜子里挂在孩子们的床头或火炉前。对孩子们来说，早上，在床头或者火炉前，能看到精美的圣诞礼物，是件多么开心的事儿啊！

郎世宁想，如果这世界上的每个贫困的角落里，都会有那位慈祥的老人出现，这世界上的人们也许就远离贫穷和饥饿了。让他更加高兴的是，平安夜那天，他拿着杨兆和小姐写的推荐信，找到了北教堂的英国神父马礼逊。这位慈祥的大胡子神父看了杨小姐的信后，高兴地和他拥抱在一起，并说，遇到什么困难就来找他，他一定尽力。

圣诞的喜庆刚过，中国的新年就到了。这天凌晨，郎世宁就被外面的鞭炮声吵醒，他这才想起，今天是中国的新年。他换了一身干净的衣袍，洗漱完毕，做完弥撒后，准备迎接中国的新年。

一个在教堂里打杂的年轻人来送茶点。他有一个很喜庆的名字——喜子。让郎世宁感到奇怪的是，喜子腰里系着一条崭新的红腰带。

"喜子，你怎么扎起红腰带了？"

"郎教士，今年是我的本命年，今天是大年三十，我娘让我系上它，图个吉祥。"

郎世宁想，中国人真有意思，居然用红色的东西来避邪。

于是，他又问："喜子，什么叫本命年？"

喜子说："本命年，也就是属相年。我娘说，本命年常常被认为是一个不吉利的年份，犯太岁。我们通常把本命年也叫作槛儿年，也就是说，度过本命年如同迈过一道槛儿一样。每到本命年时，不论大人、小孩均须系上红腰带，俗称扎红。这样才能趋吉避凶、消灾免祸。"

郎世宁忽然很想知道喜子的年龄。他叫住喜子："喜子，你属什么？"

喜子说："我属龙，郎教士。"

郎世宁说："那你，今年十九岁了？"

喜子点了点头。

郎世宁来到这里后，系统地学习了中国的历法。和西方一样，中国每年也是十二个月，不过，令他感到奇怪的是，中国的年份，都由一种动物来定名。什么鼠、牛、虎、兔……如果想知道一个人的年龄时，是不能弄错十二年的差别的。郎世宁想，按照他的出生年月和中国年来推算，他是属猴的。

　　姚子昂跟他讲过，中国人有特殊的计算年龄的方法：婴儿在当年最后一天出生，他就一岁了。因为他经过了这一年；第二天新年，他两岁了，因为他开始了新的一年。而这个婴儿来到世上只有两天。那么他呢，按照意大利的方式计算明年二月应当二十七岁，不过，按照中国的方式，他就是二十九岁了。

　　郎世宁还看到有关出生年月的一些说法，在他看来，更是不可思议的。比如，一对男女结婚时，特别重要的是要了解未婚夫妇是哪年出生的，如果他们的出生年的属相不合，这两个人的结合可能就不会幸福，这桩婚事就不成。

　　中国的历史和民俗真是丰富多彩。这真是个神秘的国度。郎世宁想，要想真正融入它，揭开它神秘的面纱，可能是穷其一生来做的事。

　　姚子昂宣布教堂放一天假，过春节。吃完早饭，郎世宁独自一人来到街上。街上果然比往日里热闹，家家户户的门前都贴上了大红对联。成熟的男人们见面，都互相脱帽行礼："过年好！"

　　郎世宁觉得很新鲜，他想，中国果然是礼仪之邦。

　　前边不远处的一座庙宇外围了一圈人。郎世宁拨开人群，挤了进去。因为他戴着只露出两只眼睛的遮脸的棉帽，人们并没有注意到他。

　　眼前的情景让郎世宁心头一紧。庙门的台阶下，跪着一个十多岁的小女孩，在小女孩的旁边，一领破旧的席子里竟然裹

着一具死尸！女孩目光呆滞，头发蓬乱；破旧的衣衫，露出了
白花花的棉絮。更让郎世宁不解的是，女孩的头上插着一根干
草。随着女孩的哭泣，那棵干草也在瑟瑟发抖。

　　大过年的，女孩在这儿做什么？这时有个五十多岁穿着华
贵的男子走到女孩面前，伸手摸了摸女孩的下颌，说："把你爹
葬了，给大爷我当丫头，你愿意吗？"

　　女孩怯怯地打量着男子，身子哆嗦成一团。

　　"孩子，卖身葬父实可嘉，这终身大事，你可得想好了
啊！"一个花白胡须的老者将一碗热汤递到了女孩面前。

　　女孩接过热汤，喝下一口，哭着说："谢谢老爷爷，谁让我
走投无路了呢！"

　　郎世宁这才明白，女孩在卖身葬父。前几日，姚子昂还给
他们讲解过《二十四孝》呢！董永卖身葬父给他留下的印象
最深。

　　姚子昂说，董永是个出了名的孝子。父亲去世后，董永无
钱办丧事，只好以身作价向地主借钱，埋葬父亲。丧事办完
后，董永便去地主家做工还钱，在半路上遇见一位美貌女子，
要董永娶她为妻。董永想起家贫如洗，还欠地主的钱，死活不
答应。那女子左拦右阻，说她不爱钱财，只爱他的人品。董永
无奈，只好带她去地主家帮忙。谁知那女子心灵手巧，织布如
飞。她昼夜不停地干活，用了一个月，织了三百尺的细绢，还
清了地主的债务。在他们回家的路上，走到一棵槐树下时，那

女子便辞别了董永。郎世宁当时在想，董永的孝心感动了女子啊。这女子就是天使啊！果然，姚子昂说，相传该女子是天上的七仙女。因为董永心地善良，七仙女被他的孝心所感动，遂下凡帮他。姚子昂还给大家背诵了一首诗："葬父贷孔兄，仙姬陌上逢。织线偿债主，孝感动苍穹。"

郎世宁想，董永是中国古代神话传说中的人物，眼前的女孩就没有他那么好的运气了。从那男子打量女孩的目光和递汤老人的话语中，郎世宁隐约感到了一丝不安。老人的话似有所指，难道等待女孩的将是一场劫难？

女孩将碗里的热汤喝了个精光，在递给老人碗的一霎，目光和郎世宁撞到了一起。郎世宁觉得，这清澈的眼神似乎在哪儿见过。他发现，女孩也在打量着他。

"铃铛！是你吗？"郎世宁脱口而出。

女孩愣在了那里。

郎世宁继续说："铃铛，你忘了，几个月前，在保定府的张家庄……大黑狗……"

郎世宁说着，摘掉了棉帽，笑着模仿大黑狗做了个手势。

女孩呆滞的眼睛里突然闪过一丝光亮，她认出了郎世宁，跑过来给郎世宁叩头："我是铃铛！我想起您来了，蓝眼睛大叔。"

在场的众人被这一幕惊呆了。

郎世宁说："你在这儿干什么？"

两行晶莹的泪珠从铃铛的眼里夺眶而出。

铃铛指了指一旁用苇席裹着的尸体说："我爹他……"

铃铛说着，泣不成声。

郎世宁好一番安慰，铃铛才止住哭声。她告诉郎世宁，去年，家乡遭了旱灾，颗粒无收，她和父亲出来讨饭，没想到，父亲患病，连冻再饿，昨晚死在了庙里。在保定府，父亲就已经患病，听说北京城富人多，爷俩就讨饭来到了北京城。没承想，刚到北京第三天，父亲再也撑不下去，抛下她走了。

郎世宁拔掉了铃铛头上的干草："可怜的孩子，我来想办法，先安葬完你父亲再说。"

郎世宁俯下身来，解开苇席，当着众人的面，简单地给铃铛的父亲做了个洗礼，然后到棺材铺买了口杨木棺，雇了辆马车，出了宣武门，在城外找了块荒地，将铃铛父亲安葬下了。

做完这一切，已经是大年三十晚上的深夜了。远远的，烟花、焰火将北京城的天空映如白昼。

郎世宁对铃铛说："可怜的孩子，跟我走，好吗？"

铃铛点了点头。

快到子夜的时候，郎世宁将铃铛带回了东堂。

姚子昂一边打量着铃铛，一边说："郎教士，一天没见到你，做什么去了？"

郎世宁将发生的事情跟姚子昂叙述了一遍，并请求姚子昂照顾铃铛。见姚子昂面露难色，机灵的铃铛马上给姚子昂跪下："姚大叔，铃铛什么活都能干，什么苦都能吃。"郎世宁说："姚先生，您的善举，一定会有好报的。"姚子昂想了想，只好说："好吧！后厨缺个烧水的，就让这孩子和喜子一块儿帮厨吧！"

"多谢姚先生！姚先生，祝您一年吉祥！"郎世宁拉着铃铛给姚子昂行礼。

姚子昂说："别客气了，一块儿吃饺子吧！"

从那以后，铃铛就留在了郎世宁身边。现在，她这颗漂泊的浮萍总算有了落脚之处，铃铛拉着郎世宁的手掉下泪来。

喜子将饺子端上来了，教士们围在一起吃年夜饭。郎世宁看着饺子，觉得很奇怪。他来到中国快半年了，还是不能熟练地使用筷子，只好笨拙地用勺子将饺子放在嘴里，由于饺子很烫，吃相看起来很滑稽，逗得铃铛忍不住笑出声来。

姚子昂说，皇帝有旨，今年大旱，有些地方颗粒无收，故全国上下，一律不许铺张。所以，教堂的年夜饭就只煮了饺子。接下来，他又给教士们讲起大年夜吃饺子的习俗。他说，满族人称饺子为"煮饽饽"，过春节吃饺子被认为是大吉大利。另外，饺子形状像元宝，包饺子意味着包住福运，吃饺子象征生活富裕。

想不到，这种里面包馅吃起来既清香又可口的面食还有这么多的寓意。中国的饮食文化居然也如此丰富多彩、博大精深。郎世宁觉得自己越来越喜欢中国这个古老而神秘的国家了。

他给铃铛的碗里盛满了饺子，一个劲地让她多吃。今天，是中国人的新年，在这个除辞旧迎新的日子里，他收留了小铃铛，为她的父亲做了洗礼。可对他来说，又何尝不是一次心灵和精神的洗礼呢？

这时，外边有人高声喊道："皇上有旨！诏西洋人郎世宁即刻进宫！"

第九章

≈≈

奇特的皇榜

传诏的是康熙帝身边的内侍贴身太监张公公。

郎世宁谢恩毕，跟着张公公和两个挑灯的小太监，一边坐马车往皇宫里去，一边想，皇帝为什么非在除夕夜诏他进宫呢？难道又要与他探讨中西绘画技法？自送《汲水的女人》后，康熙帝为此又专门召见了他一次。

康熙说他不喜欢油画，因为年代久了就会变得模糊不清。于是，郎世宁与其他欧洲籍画师学习使用胶质颜料在绢上作画的艰难技巧，可一笔下去就不能再加第二笔，也不容修改润饰。笔触偶有踌躇，或下笔太重，整幅画就毁了。可宫廷画家都依照宋人郭熙定的原则作画："山水画中，画山盈丈，树木盈尺，马盈寸，人物盈十分之一寸。"

平行线条就是不折不扣地平行下去。在许多中国人看来，用几何学的透视原理来处理空间问题，是虚伪的，非艺术化的。

中国画中对物的视点不止一个而是几个，视线的角度不是固定的，所以，画家在同一幅画中能对山水或庭园表现不同的视点与角度。在郎世宁看来，中国绘画的远近配合观念彻底错误。而且，作画题材由皇帝指定，这在很大程度上局限了画家想象力的发挥。更让郎世宁觉得不可思议的是，皇帝认为，人像必须画平板的正面，不能画阴影，不然，人们以为像上的阴影好似脸上的斑点瑕疵。上次的《汲水的女人》，皇帝就对画中那位母亲的棉袄深浅两种色调提出了质疑。

可他是皇帝，在他眼中，自己只是一个微不足道的来自外藩的传教士。

郎世宁不解，即便想和他探讨绘画技法，也不一定非得在今天中国的这个辞旧迎新的日子里啊！

郎世宁很快便进了皇宫。出乎意料的是，皇宫的除夕夜并没有想象的那般热闹，没有烟花爆竹之声，几只悬挂的灯笼静静地亮着。

张公公开了门，通报过后，领着郎世宁来到皇帝的寝宫。康熙帝一身便装，坐在那儿喝茶，旁边站着通事。

郎世宁行三拜九叩之礼："臣郎世宁祝皇帝陛下，新年愉快！"

康熙帝说："郎世宁，平身。"

郎世宁起身，康熙帝又让他坐在一旁，吩咐太监上茶。如此礼遇，让郎世宁受宠若惊。郎世宁说："陛下岁除之夜召臣来，不知所为何事?"

康熙帝说:"虽是辞旧迎新之夜，朕却越发不安，更没心情家宴。想来，你也知道，去年我大清有三分之二的地方遭了旱灾，旱灾过后，又闹起了蝗灾，有的地方颗粒无收，流民四起，饿殍遍地，据说，还出现了人吃人的现象。朕心里很难过。朕贵为一国之君，如何坐得安宁? 想这去岁之夜，不知有多少黎民忍饥挨饿，过年了，连顿饱饭都吃不上。朕连年夜饭也不想吃，就突然想起你来了，以至于一刻也不能等待，要急着见你。"

通事在一旁做着翻译。郎世宁为这个年逾花甲的皇帝心系百姓苍生的情怀而感动。怪不得，除夕之夜的皇宫里显得冷冷清清，一国之君的康熙帝的除夕之夜，竟然连顿年夜饭都没准备。

他的眼前浮现出了铃铛葬父的一幕，用手掌在胸前画着十字，一边在心里默默祈祷，一边说:"陛下，主会垂帘给他的子民的。"

"郎世宁，朕找你来，并不是为了和你探讨中西方的教义和画法，而是有个问题想请教你。"

"陛下，请讲!"

"朕知道，你远涉重洋，见多识广。朕问你，你们意国和你所经历的国家中，有没有既抗旱又丰产的农作物呢?"

郎世宁想了想，说:"小时候，我在教堂里吃过一种土里长的作物，煮熟了能当面包吃。它还能生吃，甜甜的味道，到现在我还记着呢！另外，它还能储存很长的时间，只是，我不知道它的名字。对了，我到广州的时候，曾看见有人吃过这种食物。"

康熙帝突然目光一亮，这个消息，让他很兴奋。他站起身来，说："郎世宁，你能凭记忆将这种作物画出来给朕看吗？"

郎世宁说："陛下，我愿为您效劳！"

康熙帝说："多长时间能画完？"

郎世宁说："半个时辰。"

"好，现在就画给朕看！"

康熙帝命人摆上画具，郎世宁画了三只甘薯。康熙帝拿过来左看右看，最后说："此物有点像萝卜，不知能不能在土质和气候干燥的北方落脚。如能解我大清子民之饥，郎世宁，你的功劳最大。朕明日就将此张榜，先在京城张贴，再贴到各府，看看有无能人知晓此物，同时，飞马急送广东、福建，要他们把种子连同种植此物的农户一并送来进京觐见。"

"陛下，臣小时候吃的和在广州城看见的，就是此物。只是，臣实在不知道它的名字了。"

"这不要紧，只要有这种作物就行。来人，上一壶酒，两碟小菜，朕要和郎教士喝上一杯！"

"陛下，臣不敢！"

"郎世宁，朕可是不随意和人喝酒的，更何况，今天是大年夜。朕的年夜饭还没吃呢！对了，天快亮了。"

"臣谢过陛下。"

接下来，太监端上两盘饺子，一碟花生米，一碟腌萝卜，外加一壶酒，两只透明的水晶杯。

康熙帝亲自将郎世宁的酒杯斟满，也将自己眼前的酒杯满上，说："今夜，是朕最开心的一夜。我大清建国几十年，去年的旱灾前所未有，而今，总算找到了解决的办法。朕又怎能不高兴呢？郎世宁，朕代表大清子民向你致谢！"

"能为陛下效力，是我最幸福的事。"郎世宁饮下平生第一杯酒。

他觉得胸腹燃起了一团火。按教规他是不能喝酒的，可此情此景，深深地感染了他。他知道，这位康熙帝在先农坛有一亩三分地，虽然贵为皇帝，却从不让别人插手，从播种到秋收，都是自己动手，以示不忘农民的疾苦。姚子昂曾给他讲过皇帝亲耕的场景，他说，皇帝一身农装，右手扶犁，左手执鞭，扶犁而耕，与老农无二。

"郎世宁，在东堂内学习的还好吧？"康熙帝问道。

郎世宁说："还好！"

康熙帝说："朕见你通过学习，也能做简单的交流了，汉语和满语，也不是一朝一夕就能融会贯通的，慢慢来，不知不觉你就会了。等过了正月，你就到宫里特定的画室作画吧！"

"谢陛下！"

很快，北京城各处张贴出画着郎世宁所绘甘薯的皇榜。

正月刚过，郎世宁就开始了他的宫廷画师生涯。每隔一日，早上从东华门附近的东堂步行进宫，向宫门禁卫报到。然后，在内务府养心殿造办处的画室内作画，直到下午为止。

在作画学习之余，郎世宁最为关注的是，有没有人来揭皇榜。可一直没有得到有人揭榜的消息。

这天午后，郎世宁正在作画，门外边有人高声喊道：

"皇上有旨！召西洋人郎世宁即刻进宫！"

紧接着，那位在除夕夜宣他进宫的张公公在两位小太监的陪同下，手拿拂尘，笑眯眯地走了进来。

众人都跪在地上。

郎世宁说："臣郎世宁遵旨！"

谢恩毕，郎世宁随张公公来到门外。郎世宁向张公公深施一礼："张公公，不知皇帝陛下召我进宫所为何事？"张公公说："咱家也不知道啊！不过，皇上看起来心情不错。"

这次去的不是乾清宫，而是西侧的养心殿。三拜九叩过后，郎世宁坐在一旁，康熙帝和颜悦色："郎世宁，朕一会儿与你同见一人。来人，宣陈士元上殿！"张公公高声："宣陈士元上殿！"

郎世宁暗忖，陈士元是何许人？皇帝为何要和他一起见他？

这时，一个四十岁左右的身材魁伟的汉子被张公公带进殿来，那汉子肩上背着一个褡裢。汉子进门，匍匐于地："贱民陈士元叩见吾皇万岁！万万岁！"

"平身！陈士元，你揭榜有功，待会儿朕再赏你。快把你带来的种子呈上来给朕看！"皇帝有些迫不及待了。

郎世宁这才知道，是眼前这个叫陈士元的人揭了皇榜，拿来了他绘制的作物种子。

陈士元不敢平身，匍匐着向前把褡裢解开。里面是十几个大小不一黄中透红的块状植物，和郎世宁所绘的一般无二。

康熙俯身拿起其中的一只，看了看，然后放在鼻子下细细地闻，最后，操起案上的一把刀，将块茎割开，拿起一块，放在嘴里，一边嚼，一边不住地点头，自语："清香中带着甜味，不错！"说着，将其中的一块递给郎世宁，"尝尝，是不是你小时候尝过的味道？"

郎世宁接过，放入口中，细品过后，笑着说："陛下，和臣小时候吃过的一般无二。"

此时，尼古拉斯神父慈祥的样子出现在他的眼前。小时候，他去教堂，尼古拉斯神父就曾拿这种块状的植物给他吃，还带着他去地里挖这种植物，洗洗后，用刀割开就放进嘴里。后来，他再也没见过这种植物，不过，这种特别的味道一直回荡在他的唇齿间，没想到，二十多年后，在万里之外的异国他乡，他又重新拾起了童年的记忆。

他在心里说："尼古拉斯神父，您还好吗？"

康熙帝问："陈士元，这是一种什么作物？"

陈士元说："回陛下，这种作物叫番薯，也叫金薯。"

"外藩品种?"

"是的，陛下!"

"好，能不能给朕说说它的来历?"

陈士元说："回陛下，这是贱民的高祖陈振龙从南洋宿雾岛（菲律宾）带回来的西洋物种。先祖不顾禁令，于前朝万历二十一年（1593 年）五月，秘密将番薯藤捆绑在海船的缆绳上，外边用烂泥裹护，任意丢在甲板上，航海七天，带回福建老家。然后，由我曾祖父陈经纶禀告福建巡抚金学曾，献薯藤和种植方法，后试种成功。第二年恰逢岁荒，当地由于种植番薯，百姓得以度荒。为了纪念金巡抚推广种植之功，将其命名为金薯，然可惜的是，此物除当地外，并未在全国流传推广。贱民正是在府衙看到皇榜，这才星夜赶来，解万民之苦，为陛下解忧。"

"好! 陈士元揭榜有功，乃我大清万民之福。陈士元听旨!"康熙突然提高了声调，"朕命你去承德培植薯种，朝廷拨地五百亩给你，在最短的时间内，将这一物种推广全国。"

"皇上万岁，万万岁! 贱民陈士元定不负圣望!"陈士元泪流满面，匍匐于地。

郎世宁见皇帝心情不错，遂说："陛下，臣有个建议，不知当说不当说。"

"但说无妨!"

"臣想求陛下设立一所学校，专门教习西画技法。"

"郎世宁，朕早就说过，西画远不及我中国画。此事不便再奏。"

"臣知道了！"

从乾清宫出来，陈士元叫住了郎世宁："郎教士，我们全家包括我在内，从高祖起，就是基督耶稣最忠实的信徒。"

郎世宁心里一热。没想到，竟然在中国的朝堂上遇到一个教友，而且还是他特别崇敬的一个为苍生百姓着想的中国的普通百姓。

"陈先生，您的高祖在哪儿开始信奉基督耶稣？"

"南洋宿雾岛。那一年，高祖在海上差点遇难，是岛上的一个神父救了他。"

……

第十章

〰

拜瞎子当老师

　　康熙五十五年（1716年）的春天来得早，刚过了中国人的"二月二"，虽然冰雪还没消融，永定河两岸的向阳处便有隐隐草绿了。早春的阳光暖暖地照在郎世宁身上和画架上。他正在画地安门钟楼上的那口大钟的素描。他的眼前，不止一次浮现出当年南怀仁和汤若望两位前辈指挥几百名工匠，用机械滑轮将这口重达十多万斤的大钟吊上去的情景。现在，这口大钟已经为北京城报时数十载了。

　　是啊！时间过得真快，从1714年4月11日踏上了诺车玛·爱思佩仁斯号向大清国进发的那天起，到现在，快两个年头了。

　　让郎世宁纠结的是，他的中国绘画技法仍然没有大的进展，他在思考，如何将他的西洋画和中国画的技法巧妙地融合起来，这样，既迎合了皇帝的口味，也能让自己满意。在他看来，中西绘画之间的差异就是视觉上的差异，中国画讲究的是平面，而西洋画则是立体的呈现。

因画甘薯得到皇帝赏识，郎世宁声名大噪，无论是东堂，还是在养心殿造办处的画室，人们对他都刮目相看。休息的时候，郎世宁就在城内四处转。他觉得北京城的整体布局，比罗马更有气势，更加规范、严密。姚子昂是个北京通，领着他和教友们转了好几回。崇文门、宣武门、东直门、西直门……每一道城门都有自己专属的名字，也有各自特别的职能。比如：正阳门走"龙车"、崇文门走酒车、朝阳门走粮车、德胜门走兵车……

中国人真聪明，他们的文化实在博大精深，郎世宁一边感叹一边想，一定要把这些全都画下来，等他回国的那一天，把这些带回意大利，带回故乡。

"郎教士，总算找到您了！"

郎世宁回头，喜子气喘吁吁地站在身后。

"有事？"

"教堂里来了一位公主，指名道姓非要见您。姚大人这才让我找您回去。"

郎世宁收拾好画具，暗忖，公主找他做什么？

回到东堂，果然，一个慈眉善目、身着旗袍、穿着高底的满洲鞋子、戴着黑色的中间绣着荷花的高冠的贵妇人坐在椅子上等着他呢。这是个美貌的贵妇，她的旗袍上镶着金穗子，头下一排宝石似的闪光纽扣，更加映衬着她的容颜。在公主的另一侧，站着一个年轻的侍女，侍女的怀里，抱着一个白胖的婴儿。

她是谁？

郎世宁正在疑惑，姚子昂迎上来说："郎教士，你可回来了。快来见过公主！"

郎世宁知道，康熙帝有五十多个子女，三十多位皇子，二十位公主。他在皇宫内，也曾见过不少皇子和公主，但眼前这位，看起来似乎很陌生。不过，既然姚子昂让他这么称呼，这位公主一定是其中没见过面的。

"臣郎世宁见过公主！"郎世宁跪下磕头。

"快起来！"公主说着，趋前一步，将郎世宁搀扶起来。

"谢公主！"

"郎世宁，公主今天来见你，就是想请你为她刚过一周岁的孙子画幅像。"姚子昂用一口纯正的京腔说。

"臣遵命！不过，要画好小公爷的像，我得和他在一起住上几天，这样，画出来才更逼真。"

"没问题。可随我进宫，和孩子住上几天。"

公主走后，姚子昂才告诉郎世宁，这位公主是康熙帝的养女，她是康熙帝的弟弟恭亲王常宁的长女，聪明伶俐，很得康熙帝喜欢，自幼抚养宫中，比自己的亲女儿还亲。康熙二十九年(1690年)，在她二十岁时被封为和硕纯禧公主，是年嫁给蒙古科尔沁部台吉博尔济吉持氏班第。多年没回京，这次抱着孙子，回京省亲。康熙帝很高兴，将她和孙子接到乾清宫。无意间，纯禧公主看到了郎世宁所画的《汲水的女人》，大加赞赏。康熙帝告诉她，这是西洋人郎世宁所画。她对康熙帝说，这种画法使人物更加鲜活。于是，她产生了想让郎世宁为她的孙子画像的想法。在得到了康熙帝这位汗阿玛（注：阿玛，满语，汉译为父亲，如果父亲为皇帝，则称为'汗阿玛'。在清前中期的奏折或正式文档中，均称'汗阿玛'，或者是'皇父'。）的允诺后，就急着赶来面见郎世宁了。

郎世宁在坤宁宫里与纯禧公主和她的孙子相处了三天。一个礼拜过后，郎世宁将这位蒙古小王爷的两岁画像呈送给纯禧公主时，在场的所有人都赞叹不已，纯禧公主更是高兴。原来，郎世宁呈给纯禧公主的是两幅画作。一幅是纯禧公主怀抱孙子，坐在阳光下，祖孙两人目光相视，柔和而温暖；另一幅画中的小王爷光着身子，肋生双翅，孩子胖乎乎的脚丫下是悠悠的白云。孩子面露微笑，仿佛在云朵中飞翔。

"郎教士，画作如此形象逼真，汗阿玛怎么就不认可呢？"

"回公主，皇上说他不喜欢西画，他让臣与其他欧洲籍画师一起学习使用胶质颜料在绢上作画。皇上的苦心臣知道，他是想让臣将中国和西洋的绘画技法融合起来，取长补短。不过，臣迄今也没有悟出中国画法的精髓所在。"

纯禧公主沉吟了一会儿，说："这样吧，我给你推荐一位前辈，或许能让你有所悟。这个人是我的老师吴舆。如果郎教士有意，我就安排你们相识。顺便，我也探望一下他。我有二十多年没见到他了。"

"臣谢过公主!"郎世宁谢道。

对吴舆，郎世宁早闻其名而不见其人。他是当时中国最有名的画家，擅画人物、山水、花鸟。郎世宁在学习中国绘画技法期间，也曾见过他的画作，并被他细腻的画法而深深吸引。比起焦秉贞的画作，吴舆的画作似乎更胜一筹。只是，这个人行踪不定，一般人是很难寻到他的踪迹的。郎世宁没想到，因为画与纯禧公主结缘，更没想到，多少人寻觅而不得的大画家吴舆竟然是纯禧公主的老师。

郎世宁在心里祈祷着。

两天后，在纯禧公主的介绍下，郎世宁如愿见到了这位隐居在什刹海的隐士。纯禧公主和郎世宁坐在一辆带篷的马车上，给郎世宁介绍着她和吴舆的故事。

"从我嫁到蒙古到现在，我已经有二十六个头没看到他了。"纯禧公主指着一条老街，看了看郎世宁说："他就住在前面的烟袋斜街。这么多年过去了，也不知他还在不在那里。找到他，你也别高兴，找不到呢，你也别失落。"

郎世宁说："您的这份心意，臣感激不尽!"

纯禧说："这地方，当年，我没少来过。这条街很有特点，东北西南走向，大概有三百米长，是条斜街，名叫烟袋斜街。因为这条街地处北城，住在北城一带的旗人大都有抽旱烟或水烟的嗜好，于是，这城里的烟叶行业就发展起来了。久而久之，人们就把这条街叫烟袋斜街了。瞧，卖烟的铺面还真不少呢！"

透过车窗的玻璃，果然有不少卖烟叶的铺面和摊位，更有不少叼着烟袋的男女走在街上。在一株大槐树下，纯禧吩咐车夫停下车来。

纯禧说："当年，我离开京城的时候，老师四十出头，现在他应该年近七旬了。"

这是一个破落的四合院，斑驳的木门上那对狴犴门环显现着往昔的辉煌。那棵大槐树就长在四合院的门口。不知是树的年龄长，还是这四合院的建造时间久。

纯禧轻轻叩动门环，半晌，没人应声，一只黑猫从门缝里钻出来，远去了。

"请问，您找谁?"

一个十五六岁的少年出现在他们面前。少年的手里持着一根竹竿，在竹竿的另一端，是一位须发皆白、身材瘦弱的老者。

"老师，我来看您来了！"纯禧双目流泪，攥住了老者的手。

"大公主！"老者浑浊的双眼似乎透出一缕亮光，不过，很快就消逝了，旋即，一行泪水溢出了眼眶，"臣见过大公主！"

郎世宁一愣，老者为何称呼纯禧公主为大公主？难道，他就是他们要找的奇才——大画家吴舆?

老者躬身要跪，被纯禧一下子搀扶住了："老师，您这是在折我的寿呢！老师，您的眼睛怎么了？"

"一言难尽，屋里说！臭子，开门！"

那个叫臭子的少年推开门，拉着老者，领着他们进了屋。

老者就是吴舆。他为何称纯禧公主为大公主呢，这里边，还有一段缘由呢！

康熙帝是个多子多孙的皇帝，但事实上，在他早年间，儿女缘是极其浅薄的，以至于前六个儿子两个女儿全部幼年夭折。这样的情形对于皇室来说，可谓是极为惨痛的经历，尽管皇帝还年轻。康熙十二年二月，康熙帝当时最后一个女儿（皇二女）夭折了。子女的夭折让这一年的春天显得那样的凄凉而灰暗。而此时康熙帝的心情却比这晚来的春天更加沉闷。也许，这皇宫中真的需要增添一些新的气息了。就这样，一个月后，在经过了算八字、通玉碟等烦琐的过程之后，恭亲王府年仅两岁的小格格被一道恩旨带到了皇宫中。

这位小格格就是纯禧公主。

纯禧公主的进宫似乎真的为皇宫带来了意想不到的福气。两个月后，荣宪公主出生了；一年之后，皇太子、端静公主、诚隐亲王也先后降临人世。整个紫禁城又呈现出一派生气勃勃的景象。也许因为这种令人欢欣鼓舞的喜气感染了康熙帝，他对这位收为己女的小侄女心存感激。于是，纯禧公主便成为第一个以养女的身份被列入皇家的齿序公主——人称大公主。然而，在纯禧公主心中，生父恭亲王始终是难以割舍的牵挂。也许，在京的日子里，恭亲王也曾探视过已经不能叫自己阿玛的亲生女儿。那隔着薄薄的纱帘短暂的、淡淡的见面，相信已然能够带给这父女二人最大的安慰。康熙四十二年，恭亲王去世了。按照规矩，纯禧公主是不能去灵前吊唁的。她只好悄悄地在府里的佛龛前摆上一个小小的牌位，默默为生父的亡灵祈祷。

两个月前，纯禧公主梦见生父恭亲王，说房子漏水。她觉得奇怪，找到当地的喇嘛给看看。喇嘛说，可能是生父的坟茔哪儿塌了，故而托梦。于是，她和丈夫相商，抱着自己的孙子，从遥远的蒙古回到了京城。名义上是看望汗阿玛康熙帝，实际是悄悄给父亲上坟。果然，父亲的坟有一个拳头大小的鼠洞。她将洞封好，燃了香烛，心情这才平静下来。

纯禧公主自幼对绘画有着特殊的天赋，皇宫内的，什么花儿、草儿、鱼儿、蝶儿，在她稚嫩的笔下都变得活灵活现。康熙帝便将吴舆请来当她的专职老师。当时，吴舆考上了进士，康熙帝相中了他的文笔和书画，命他一边在翰林院供职，一边当纯禧的老师。在吴舆的悉心指导下，纯禧公主的诗文和绘画技艺都有了显著的提高。直到远嫁蒙古，纯禧公主才与吴舆结束了这段师生缘。

虽然远离京城，但在蒙古的日子里，纯禧公主没忘记吴舆。这次回到京城省亲，她最想见的人就是他。到翰林院打听，吴舆不在。她不好问汗阿玛，问了对她不错的张公公。张公公告诉她，吴舆因为画了一幅画被贬为庶民。这幅画与全景式山水构图不同，以一角景物构图，以偏概全，小中见大。因这幅画有大块留白，景观、人物偏居一角，以边角取画，被人诬陷说是半壁江山，是对朝廷的暗讽，惹恼了康熙帝，被贬为庶民。

纯禧公主正要探望恩师时，意外从康熙帝那儿看到了郎世宁的《汲水的女人》，被他的西洋画风所打动，萌生了找郎世宁给孙子画像的想法，没想到，郎世宁画得比预期的还要完美。当她得知，皇上正让郎世宁学习中国画法，而他正为没有悟出中国画法的精髓所在感到心焦时，她知道，郎世宁缺的是名师的指点。她当时脑海里就闪现出她正要探望的恩师吴舆来。

没想到，恩师落魄至此，更没想到，他的双眼已经看不见了。这样子，他还能指点郎世宁吗？

"老师，我还给您带来了一个人。"纯禧说着，看了看郎世宁。

郎世宁忙用笨拙的汉语说："西洋人郎世宁拜见吴老先生。"

"西洋人？大公主，怎么回事？"吴舆愣住了。

纯禧公主只好说明来意。她本以为老师会推辞，没想到，吴舆说："郎教士，大公主领你来，我们就是有缘。臭子，拿我的笔砚来！郎教士，那老朽就献丑了。"

郎世宁看了看纯禧，纯禧也在看他。二人都不敢相信，老人眼睛看不见，又如何能画出画来？

这时，那只黑猫从门外挤进来，跳在了吴舆的怀里。

"黑子，回来了？"吴舆摩挲着猫，然后，对纯禧公主和郎世宁说："就画它吧！"

在郎世宁和纯禧的注视下，吴舆熟练地拿起了毛笔，在砚台里蘸饱了墨，接着，摸了摸纸张的大小，然后，就在宣纸上画了起来。

手法快得让郎世宁眼花缭乱，很快，一只黑猫在纸上呼之欲出。郎世宁知道，老人画的是心。几尺见方，白纸黑墨，却全然感觉不到它只有黑白两色，感觉不到篇幅的限制。线条是那么的简练、干净，几乎是一挥而就。在郎世宁的眼中，那只猫完美无缺，像从纸上跳下来似的。

郎世宁惊讶得快要跳起来，连连说："吴老先生，您是我见过的最棒的绘画大师。"

吴舆看起来心情不错："郎教士，说来就一句话，西洋画重形似，而中国画重神韵。西洋画很像实物，而中国画不像实物，一望而知其为画。因为中国书画同源，作画同写字一样，随意挥洒，披露胸怀。只要将二者巧妙地融合在一起，郎教士，你就能在画坛上独树一帜。如果你不嫌老朽年迈，可以经常到舍下来切磋。"

纯禧公主看了看郎世宁。

郎世宁会意，赶忙躬身下拜："西洋人郎世宁叩见老师！"

第十一章

≋

如意馆传画

转眼，到了康熙六十年（1721年）秋天。

郎世宁来华已经整整六个年头了。这几年，跟着吴焜，画技一日千里。这个体态干瘪得像粒芝麻、挤在人群里很快就找不到的瞎老头，肚子里竟然有海一般的学问，就像大多数中国人信奉的观音菩萨手里的净瓶水，怎么也流淌不尽。

这天上午，郎世宁在王府井自己家的画室内为铃铛画画，铃铛站在一边侍候。

早上，铃铛给他沏了一杯清茶，忽听窗外的树枝上，喜鹊叫了三声后飞走了。

铃铛说："郎叔叔，喜鹊登枝，好事临门。"

郎世宁说："我哪有什么好事啊！今天的好事，就是为你画幅画。"

"多谢郎叔叔！"

铃铛一边为郎世宁调着颜料，一边露着淡淡的微笑。经过几年的滋养，当年，那个满面菜色豆芽般瘦小的小女孩，已经长成了一个亭亭玉立的大姑娘了。为方便会客，让自己有个独立的空间，上个月，郎世宁特在王府井附近租了个小院，姚子昂和主教商量，将铃铛派给郎世宁，照顾他的饮食起居。

铃铛今年十七岁，下个月的初八是她的生日。郎世宁答应给她画幅画作为礼物。几年的相处，郎世宁已成为铃铛生命里最亲的人。这个蓝眼睛的洋叔叔，用全身心的爱沐浴着她这棵孤苦无依的小草。

郎世宁画的是一朵莲花，这次，他用的是中国画的技法。很快，莲花就含苞吐蕊，跃然纸上。铃铛高兴得直拍巴掌，这时门外传来一阵爽朗的笑声。郎世宁一看，竟是几年不见的罗怀中。跟随他一同来的，还有一位气宇轩昂的中年男子。

郎世宁笑着说："怪不得今早窗外的喜鹊喳喳叫，原来，是罗先生来了！"

罗怀中说："郎先生，几年不见，您现在可是越来越风光了。"

郎世宁说："罗先生，您就别挖苦我了，您现在不也是混得如鱼得水吗？"

操着一口流利的京腔，二人相视一笑。如果不是因为他们长着金发碧眼，就是一个地地道道的北京人了。

"有杜德美和戴维德的消息吗？"郎世宁问。

罗怀中摇了摇头："不知道啊！他们与传教士白晋等人前往

中国各地实地测量，绘制地图，也不知道回来没有。"

寒暄过后，罗怀中指着身后的中年男子，对郎世宁说："郎先生，我除了在内廷行走外，主要住在八阿哥的府上。这位是八阿哥，我的主家。"

郎世宁忙跪伏于地："臣见过八阿哥！"

男子趋步，将郎世宁搀扶起来："早听父皇提起过您，说宫里有个绘画奇才郎世宁。今早，还和罗先生说起您。罗先生说，您和他同来自意国，是生死之交，所以特赶来结识。"

郎世宁想不到，中年人竟是康熙帝的第八子胤禩，赶忙吩咐铃铛："看茶！"

铃铛拜叩八阿哥和罗怀中，献上茶后，出去了。胤禩看了看铃铛："这位是……"郎世宁说："她叫铃铛，算是我的养女吧！"又对胤禩说，"罗先生能追随八阿哥，我替他高兴。"胤禩抬起一只脚说："罗先生医术高超，前年，我随父皇与众兄弟在木兰巡猎，不慎坠马，左脚扎进了异物，宫里的御医开了不少方子，喝下不少汤药，可就是不见好转。眼见脚肿得像馒头，若不是罗先生开刀，将异物取出，就保不住了。"

胤禩说话随和，三人相谈甚欢。胤禩说："郎先生，我也喜欢绘画，您能不能给我讲讲中国画和你们西方画的不同之处？"

郎世宁说："那我就班门弄斧，说出来给八阿哥听。"

接下来，郎世宁结合自身的创作经历，谈了他对中西画创作的几点体会和看法。

他说，中国人物画不讲解剖学，西洋人物画注重解剖学。

解剖学，就是人体骨骼肌肉的表现形状的研究。西洋人作人物画，必先研究解剖学。西洋画注重写实，必须描得同真的人体一样。但中国人物画家从来不需要这种学问。

中国人画人物，目的只在表达出人物姿态的特点，却不讲人物各部的尺寸与比例。故中国画中的男子，相貌奇古，身首不称。女子则蛾眉樱唇，削肩细腰。倘把这些人物的衣服脱掉，其形可怕。这非但无妨，却是中国画的好处。

中国画欲求印象的强烈，故扩张人物的特点，使男子增雄伟，女子增纤丽，而充分表现其性格。故不用写实法而用象征法。不求形似，而求神似。

中国画趣味高远，西洋画趣味平易。故为艺术研究，西洋画不及中国画的精深。为民众欣赏，中国画不及西洋画的普通。

……

"皇子殿下，这就是我总结出来的中西画法的几点浅见薄识，也不知说得对不对。"郎世宁看了看胤禊，"前些日子，我给皇帝陛下画了幅《猕猴献寿图》，作为他即将到来的寿辰的礼物，也不知皇帝陛下满不满意。"

"郎世宁听旨！"胤禊突然起身，脸色变得严肃起来，他从怀里掏出一张圣旨来。

郎世宁和罗怀中忙跪在地上。

郎世宁说："臣郎世宁接旨。"

胤禩展开圣旨，高声诵道——

"奉天承运，皇帝诏曰：西洋人郎世宁来华数载，恪尽职守，倾心研修中西画法，独成一派。朕以为，和我大清的国画比起来，西洋画虽然缺神少韵，但形象逼真、丰满，许多地方值得学习和借鉴。现令郎世宁在启祥宫如意馆传授西洋画法。钦此！"

郎世宁跪谢，接过圣旨："臣郎世宁谢陛下隆恩！"

康熙帝就是见了郎世宁给他画的《猕猴献寿图》，忽然间决定让他传授西洋画技法的。那幅《猕猴献寿图》中的猕猴画得惟妙惟肖，毛发毕现，手中的桃枝青翠欲滴，枝上的蟠桃似乎透着阵阵香气，让人垂涎欲滴。在康熙帝看来，这幅画就巧妙地融合了中西画法之精髓，既有中国画的神韵，又有西洋画的逼真。恰巧，八子胤禩去给他请安，谈及这幅画和郎世宁，他就让胤禩代传圣旨，着令郎世宁去如意馆传授西洋画技法。

启祥宫是紫禁城内廷西六宫之一。

皇宫内廷的中心是乾清宫、交泰殿、坤宁宫，统称后三宫，是皇帝和皇后居住的正宫。后三宫两侧排列着东、西六宫，是后妃们居住休息的地方。

东六宫指景仁宫、承乾宫、钟粹宫、景阳宫、永和宫、延禧宫，西六宫指永寿宫、翊坤宫、储秀宫、咸福宫、长春宫、启祥宫。而东、西六宫，又像两腋般夹挟着中央的后三宫。

如意馆在启祥宫南边，有数间馆室，里面都是些有名的绘工、文史、雕琢玉器、裱褙的能工巧匠。皇帝让郎世宁在这里讲授西洋画技，是对他的一种认可。

实际上，在如意馆中和郎世宁同时开课的还有一位中国画大师——唐岱。他们两人的课隔天交替进行。郎世宁看过唐岱的画作，在他的眼中，唐岱的才气是顶尖的。

康熙帝让郎世宁和唐岱在这儿分别传授西洋画和中国画的技法，足见其用心良苦。学生不多，只有十几个，大部分都是康熙帝的孙子，包括胤禩在内的皇子们也常来听课写生。除了皇八子胤禩，郎世宁和其他皇子皇孙也都建立了非常友好的关系。尤其是弘历，别看年纪小，却聪明伶俐，出口成章，画法领悟最为深刻，常和郎世宁争辩，深得郎世宁喜爱。

在这些学生中，有个年纪比较大的学生叫年希尧。此时的年希尧已经年过五旬，时任安徽布政使，竟得康熙帝恩准，跟着郎世宁学画。虽然他是从二品的封疆大吏，却是学习最为刻苦、态度最为谦虚的一个。他和皇四子胤禛关系较为亲密，后来，从唐岱的嘴里郎世宁知道，他的妹妹是皇四子胤禛的侧福晋。

因为是西洋画技法，郎世宁教给学生们的就是人体解剖学，画人体，年希尧和弘历经常当同窗们的模特。

郎世宁经常给学生们讲述一些西方的见闻，众人眼界大开。康熙帝的数学老师、比利时传教士安多也来和郎世宁一起为皇子、皇孙们讲课。大家都感受到了天文、数学还有西洋画法的奥秘。启祥宫里，到处洋溢着学习的欢声笑语。康熙帝也不止一次到这里来检查指导。

这天，康熙帝又来看郎世宁授课。郎世宁觉得，皇帝脸上似乎蒙了一层灰尘，看起来有些憔悴。不过这次，他给大家带来了一次最精彩的演讲。

康熙帝说："朕五岁开始读书识字，八岁学庸训诂，圣贤心学，六经要旨，无不融会贯通；十七八岁，因读书过劳，至咯血也不肯罢休。朕这一生，除鳌拜，平三藩，收台湾，平准噶尔叛乱，驱逐沙俄，亲征漠北，善治蒙古，不敢有一丝闲暇。不过，朕也知道，这天下，远不止一个中国，要想使我大清雄踞于世界，必得广吸纳西学，学习科技。台下的诸位，肩上的担子最重。我大清的未来，就在你们身上！"

十岁的雍亲王弘历起身，大声说："我们皇家子孙，都要以汗玛法为楷模！"

台下，一阵掌声。

"你是朕的好孙子！"康熙帝微笑着看着弘历，轻轻咳嗽了一下，突然，将目光放在郎世宁身上，"朕这一生，注定和西洋人有扯不清的渊源。当年，朕八岁，先皇病重，不知立何人为太子，情急中，征求西洋人汤若望的意见。汤神父就对先皇说，玄烨患过天花而不死，具有免疫力，是太子唯一人选。现在，朕让郎世宁当你们的西画老师，就是希望你们能够将中西方文化精要巧妙融合，取长补短，这样，我大清的江山才能代代相传，万年永固!"

郎世宁看到康熙的目光中流露出一丝温暖和期望，忙跪倒在地："臣定不负圣命，鞠躬尽瘁!"

郎世宁无论如何也想不到，这是他与康熙——这位大清国这位圣明的君主的最后一面。

几个月后，康熙六十一年（1722年）农历十一月十三日，这位大清国第四位皇帝、清定都北京后第二位皇帝、被后世称为康熙帝的爱新觉罗·玄烨，驾崩于北京畅春园清溪书屋，终年六十九岁，在位六十一年零十个月。

第十二章

〰

六月新娘

　　这年的冬天格外冷，郎世宁的心头也罩上了一层霜。

　　康熙帝的驾崩，大清国举国哀悼。郎世宁的心情更是沉重。这位圣明的皇帝留给他的印象实在太深了。很长一段时间，他的音容笑貌犹在眼前。

　　康熙帝驾崩后，他的第四子，爱新觉罗·胤禛继承皇位，第二年，改年号为雍正。此时，雍正帝四十五岁。

　　雍正继位，基本上继承了先皇的禁教政策。比起康熙帝来，似乎更为严厉。他继位不久，就下令在京的耶稣会主教在七天内离开中国，并遣送到广州或澳门。同时重申，教会以及在京的三所教堂停止一切活动，澳门方面也获令不再派遣任何传教士进入大清领土。除了外埠的、个别的、对大清朝廷有用的传教士能进京外，耶稣会全部解散，教士们两个月内必须撤离中国。这是天主教自与大清政权建立关系以来，最为惨重的一次失败。

其间，雍正曾召见天主教司铎多明、冯秉正、费隐等人，对他们说："中国有中国之教，西洋有西洋之教；彼西洋之教，不必行于中国，亦如中国之教，岂能行于西洋？"他还出自另外一番考虑："教友唯认识尔等，一旦边境有事，百姓唯尔等之命是从，虽现在不必顾虑及此。然，苟千万艘战船来我海岸，则祸患大矣！"他明确表示，不能使大清子民成为教徒，听命于教皇。

雍正帝的对外宗教政策，对郎世宁他们来说，对本来到中国传教面对的层层阻力无疑是雪上加霜。如果说，康熙帝还让他们燃起过传教的希望之火，而雍正帝却将这把火完全熄灭了。郎世宁、罗怀中他们，因为有技在身，并没有受到大的影响。郎世宁仍做宫中的待诏画师，罗怀中仍在内廷行走。

不过，郎世宁深信，他们的事业是崇高的，皇帝迟早会被宽宏的主所感化。在京的所有因有一技之长被许可留下来的传教士们也都和他一样，专一于朝廷的差事，将传教的火种暂埋在心底。

郎世宁每天除了自己悄悄做着弥撒和祷告外，就是专心学习研究中西绘画技法。他的恩师吴與已经作古，这个倔强不为斗米折腰的中国老人给他留下太多的记忆。

冰消雪融，很快，到了夏天。

最近，郎世宁在研究一种新的画法，如何把上两个世纪在意大利画界普遍使用的颜料——透明、半透明颜料以及不透明的粉笔颜料与中国的水墨颜料掺杂使用，如何做到水乳交融，相辅相成。

这天，郎世宁正在王府井自己的画室内埋头作画，喜子来了。自从教堂被封，教会解散后，喜子就像一只消失在天空的燕子，再也没见着。喜子穿着一身干净的裤褂，脸看起来比以前黑了，可人更结实了。

他挠了挠头："郎舅舅，我娘让我来请您。"

郎世宁见过喜子娘，在龙须沟的喜子家中。喜子娘心地善良，经常让喜子将他请到家中，给他做一口地道的龙须面。初到喜子家，郎世宁一边用筷子挑着龙须面，一边说："有意思，龙须沟里吃龙须面。"让郎世宁高兴的是，在他的感召下，喜子娘也成了一名忠实的教友。郎世宁对喜子娘说："在中国，我没亲人，你和喜子就是我的亲人。你就是我的姐姐！"也就是从那时候起，喜子人前人后，总是亲切地称他为"郎舅舅"。时间过得真快，一晃，有大半年没去喜子家了，怪想的。

"喜子，找我什么事，是不是你娘又让我去吃面？"郎世宁放下画笔。

喜子的脸上似乎露出了一丝羞怯："这个月的十六，我结婚，我娘让我来请您。"

郎世宁这才想起，喜子今年也有二十三四了，到该成家的年纪了，于是，看着喜子就笑："好事啊！我当然得去。告诉我，新娘子是哪儿的？"

喜子说："剪刀巷的佟家姑娘，叫可儿。"

郎世宁说："婚礼是人一生中最喜庆、最隆重的仪式。回去告诉你娘，我一定去！提前祝福你，帅气的新郎，也祝福美丽的六月新娘。"

喜子说："郎舅舅，六月新娘?"

郎世宁说："你们中国人结婚要选择一个良辰吉日，我们欧洲人也一样。我们一般是在六月份，也就是你就要结婚的月份。因为六月是罗马神话中婚姻女神的名字，她是保护妇女和婚姻的，而且六月白天最长，象征婚姻长久，所以六月是结婚的旺季，新娘常被称为六月新娘。"

喜子似懂非懂地说："还是我娘会挑日子。"

喜子走后，郎世宁想，中国人结婚又会是怎样的场面呢?

很快，到了喜子结婚那天。早上，天还没亮，郎世宁就起身到了喜子家。几天前，他已经向主管他的上司告了假。

"郎兄弟，你来了，我就有了主心骨了。今天，是你外甥的好日子。你这个洋舅舅，就当他们的主婚人！我娘家没人，就你这一个弟弟！"喜子娘说着，将一个写着"主婚人"三个字的红绸花，别在他的胸前。

郎世宁愣了愣，很快回过神来。他的眼睛湿润了。他擦了擦眼角，说："姐姐，什么洋舅舅，明明就是亲舅舅！"

喜子娘说："亲娘舅！"

喜子娘是个寡妇，含辛茹苦把儿子拉扯成人，遭了不少罪。郎世宁非常敬重这个和自己年纪差不多的中国姐姐。不知为什么，郎世宁觉得喜子娘的神情里夹杂着一丝说不清的神情。有一瞬间，他发现，喜子娘的目光直直地看着地面，似乎在想着什么。

"姐姐，大喜的日子，您怎么了？不开心吗？"郎世宁问。

"没……没有啊！"喜子娘回过神来，"今天喜子结婚，用的是满人的规矩。郎兄弟，一会儿你得这样……"

接下来，喜子娘将主婚人在各个环节所要说的话告诉了郎世宁。郎世宁想，中国人的婚礼真是有意思。

"快看，新娘子来了！"

街角，一个迎亲的小孩儿跑了过来。

顺着小孩跑来的方向，郎世宁看到，乳白色的雾霭里，喜子牵着一头租来的骡子，十字披红，马上，斜坐着一个蒙着红盖头的新娘子。喜子娘告诉郎世宁，家里条件差，比不了有钱人家，鼓手、花轿、红毡铺地就免了。

有人点燃了门口的爆竹。来中国之前，郎世宁不知道爆竹为何物，及至在中国过了第一个新年，人们在除夕夜燃放礼花、爆竹，他才知道，燃放鞭炮已成为具有民族特色的风俗娱乐活动。人们除了在春节辞旧迎新燃放爆竹外，每逢重大节日及喜事庆典，诸如元宵节、端午节、中秋节及结婚嫁娶、进学升迁、房屋上梁、商店开张等，也都燃放鞭炮以示庆贺。

郎世宁知道，鞭炮里的主要成分是黑火药。黑火药是中国的四大发明之一，可他不明白，大清国军队的兵器为何到现在仍以大刀长矛为主。而他所看到的欧洲各国的军队里，早就装备了大批的火枪火炮。如果不是南怀仁神父帮着他们造了几百门红衣火炮，他们可能到现在也不知道火炮的真正威力。中国人真有意思，这么好的东西居然只用在喜庆的日子。不知为什么，他的脑子里浮现出北京城外的万里长城来。

鞭炮声中，喜子接新娘到了。第一关是"劝性"，迎亲的亲朋好友来到门口，暂不让新娘下骡子。郎世宁感到很奇怪，一旁有人告诉他，这是在扳一扳新娘当姑娘时的脾气，使婚后的生活更美满，当然"劝性"的时间也不能太长了。

新娘头捂着红色缎子盖头，上身穿红色缎子小袄，下身穿红色锱铢裙，"劝性"过后，新娘在伴娘的搀扶下，在众人的赞叹声中下了骡子。新娘子一双蹬着红绣软鞋的脚踏着马兀子，由娶亲送亲的女眷从两侧搀扶着慢慢进院。门口放着一个燃烧正旺的炭火盆，那红红的炭火，与新娘身上的红嫁衣相映生辉。

郎世宁见状，用他那夹杂着洋味的京腔，高声喊道："过火盆，红红火火——"

新娘刚刚跨过火盆，郎世宁又高喊："射煞!"

有人将祭桌上的弓箭递给十字披红的喜子。

喜子接过，弯弓向天射一支。

郎世宁喊："一射天狼。"

喜子向地射一支，郎世宁又喊："二射地妖。"

喜子又向轿前射一支，郎世宁再喊："三射红煞。"

此时的喜子红光满面，和新娘行一跪三叩礼。洞房的门槛上放着一个红漆漆的新马鞍，马鞍上放一只苹果。郎世宁见新娘跨过马鞍，又扬着脖子喊道："过马鞍，平平安安——"郎世宁见新郎跨过了马鞍，接着又喊："新郎新娘，送入洞房！"

新人进洞房后，亲友们团团围拢在郎世宁身边。他们提出许多稀奇古怪的问题，郎世宁都为他们一一做了解答。现在，他早操一口流利的京腔说话了。

有人问郎世宁："郎大人，您给我们讲讲你们西洋人是怎样结婚的呗！"

郎世宁说："和你们大清国一样，婚礼一般向亲朋发请帖。结婚典礼在教堂内举行，新郎由男傧相陪伴提前站在圣坛前，新娘身穿白色婚纱挽着父亲的右臂在伴娘的引导下缓缓步入圣坛前。牧师从新娘父亲手中接过新娘右手，放在新郎手中，然后跟牧师朗诵结婚誓词。

"常用的誓言是：'从今往后，不论境遇好坏，家境贫富，生病与否，誓言相亲相爱，至死不分离。'接下来新郎给新娘戴结婚戒指，一般是金质无缝的，象征幸福无限。或者互换戒指，通常戴在彼此左手无名指上，这是一个古老的风俗。牧师祈祷完毕，新婚夫妇到祈祷室签署登记簿。最后新娘挽着新郎右臂缓缓走出教堂，亲友们向新婚夫妇洒米粒或彩纸屑表示祝福。随后，在新娘家中举行喜宴……"

众人听了郎世宁的介绍后，无不惊叹。

郎世宁的脑海里闪现了一下铃铛的影子。他想，将来，铃铛出嫁了，他一定为她办一次风风光光的西洋式婚礼，给她画一幅最美的新娘画像。喜子媳妇的嫁衣，如果穿在铃铛身上，会更好看，也更入画。

晚上，郎世宁正在祷告，门一响，喜子娘走了进来。

郎世宁很是惊讶："姐姐，今天喜子的新婚，您不在家照顾儿子和媳妇，怎么到这儿来了？"

"郎兄弟，给我做个涂油礼吧！"喜子娘说。

郎世宁愣住了。

天主教神父往往给临终的人或病人施行涂油礼，油代表圣灵。在涂油之前，为临终的人或病人祷告，求主赦免其罪，接受临终的人的灵魂安进天堂，然后用油涂其前额，口念："我用油涂你，因圣父、圣子及圣神之名，阿门。"

喜子娘好好的，找他做什么涂油礼呢？

郎世宁正要问个究竟，忽见桌前的油灯晃了一下，他揉了揉眼睛，眼前空荡荡的，哪来的喜子娘？难道，刚才是幻觉？可刚刚，明明是喜子娘跟他说话了啊！

"咣！咣咣！！咣咣咣！！！"传来急骤的敲门声。

郎世宁开门，敲门人竟然是喜子。

没等郎世宁说话，喜子扑通跪下："郎舅舅，快到我家去吧！我娘不行了，她让我无论如何也得找到你，给她做临终涂油礼！"

想起刚刚发生的一幕，郎世宁知道，他看到的不是幻觉。郎世宁换好衣服，带上圣油，和喜子上路。

喜子说："晚饭的时候，娘还好好的呢！刚刚，我听见娘喊我，我就进了她的屋子，这才发现，娘不行了。"

郎世宁赶到喜子家，来到喜子娘的床前。喜子娘已经气若游丝，她似乎听见了郎世宁的声音，吃力地睁开眼，示意喜子出去，这才说："郎兄弟，这么晚了让你来，真过意不去。我不行了，最大的愿望，就是想让你给我做个临终涂油礼。"

郎世宁说："姐姐，别胡说，好好的，说什么死呢？"

喜子娘说："郎兄弟，我早就病得不行了，喜子没成家，所以一直挺着撑着。他成家了，我就再也撑不下去了。"

郎世宁的眼泪落了下来，他握住喜子娘的手："姐姐，你会好起来的。"

"我的病我知道。听我做忏悔吧，要不然没时间了。"喜子娘说，"我是个罪人，我对不起喜子。其实，喜子不是我的亲生儿子。当年，喜子的亲爹亲娘和我住一个院子，我也爱上了喜子爹。在喜子刚生下不久，我趁喜子娘不注意，把她推下了山崖……喜子的亲娘时常到我梦里来，我觉得我快疯了。"

郎世宁静静地听着，轻轻地给她涂着圣油，等着她慢慢断气，轻轻合上了她的双眼。

第十三章

≋

珐琅报师恩

　　秋天，是北京最迷人的季节，香山，是最美的去处。秋天早上的香山，尤其静谧秀美。站在香山顶上的香炉峰向下望去，晨曦中的薄雾淡淡如紫色云霭，时隐时现。太阳缓缓升起，云雾荡去，远处的昆明湖宛如一盆清水，各式建筑星罗棋布，北京城尽在眼底。此刻，看万山红遍，层林尽染，疑在画中。

　　郎世宁伸了伸手臂，长出了一口气。他在这儿已经画了好长时间了。来北京多年，早闻香山最美，只是苦于无暇，前几天，特意告了几天假，一个人背着画具上了香山。他化了装，住在了香山寺，僧人们以为他是个普通的西洋香客，安排他住了下来。每天早上，郎世宁天不亮就起床，背起画夹到香炉峰顶。他要把这绝美的秋景画下来。

　　提笔画香山，使他想起了童年时他的故乡——那个美丽的米兰小镇外的那座小山。时间流水般逝去，他离开那座小山已经快三十年了。他的耳边忽然响起了一声鸟儿的啁啾。小山上的那只云雀，它还好吗？

"山中何所有，岭上多白云。老师，好惬意！"

郎世宁回身，一身便装的年希尧正站在他身后。

郎世宁回道："只可自怡悦，不堪持赠君。年大人，您怎么也到这儿来了？"

年希尧说："老师在此，学生循迹而来。想不到，老师不但说得一口流利的汉文，还通晓古今诗词，这首山中宰相陶弘景隐居后回答齐高帝萧道成诏书所问而写的诗，许多大清国的读书人也不知晓，想不到老师竟能灵活运用，巧妙应答。"

郎世宁说："年大人谬赞！中国画是诗、画、印并茂，讲究神韵。这么多年，我在中国画法里汲取了不少的营养，所以，用了一些时间专门研究中国的诗文，也能背几首诗，咏几句词，大人刚才所说的，碰巧是我熟悉的。"

年希尧笑了："老师总是这么谦逊。"

郎世宁说："除了在绘画技法上能与年大人切磋交流外，并无长处，给年大人当老师，实是惭愧，说起来，年大人才是我的老师。"

在郎世宁的学生里，年希尧最出色。他不但精于绘画，工画山水、花卉、翎毛，还喜好音乐，是广陵琴派的传人之一。他曾给郎世宁弹过一曲《胡笳十八拍》，蔡文姬思念故乡而又不忍骨肉分离的那种极端矛盾、撕裂肝肠的痛苦心情，透过委婉悲伤的弹奏，深深地感染了郎世宁，把他的思绪带到了圣·马塞力诺，带回了母亲温暖的怀抱。

　　年希尧是个多面手，对中医有很深的研究，他根据自己多年的行医经验，写出了六卷本刚刚刊行的《年希尧集验良方》。全书分为养生、急治、中风、预防中风、伤寒、感冒等五十余类。所选皆为经验良方，较切临床实用。其中，养生、伤寒、感冒、类中等均附以简短的医论。

　　有一次，郎世宁得了他们西方人称为感冒中国人叫伤寒的病，卧床不起，罗怀中给他服了几副西药，病情非但没缓解，反而加重了。年希尧给他号了脉，开了副由各种植物的茎叶组成的中药，让铃铛依法用砂锅煎服后，很快就好了。

　　年希尧还是个制窑能手。在他任景德镇督陶官的九年中，天天和能工巧匠混在一起，实验过各种新技术以及发掘传统工艺，世称为"年窑"，并解决了珐琅彩瓷器彩料要靠进口的难题，还使珐琅彩在进口颜色的基础上增多了十几种颜色。

　　康熙时便有大臣以"玩物耽安"来弹劾他，康熙帝便对弹劾者说："你们若有年希尧才情的一半，朕也允你们玩物耽安!"虽然，他和当时的皇四子、现为雍正帝的胤禛关系较为特殊，可他的才智却是不可多得的。

　　在启祥宫和郎世宁学画期间，二人结下深厚的友谊，年希尧从不把郎世宁当成一个没有品级的待诏画师看待，而从心里当成自己的老师。他尊称郎世宁为老师，除了跟随郎世宁学习西画技法，还从他那里获得了一本西方讲解几何透视法的书，这让他大感兴趣。也就是在这本书的启蒙下，结合自己的见解，几年后，年希尧写成了《视学》一书，刊行于世。

此时，年希尧到这里来，绝非偶遇，一定有事。

果然，年希尧说："老师，学生是来向您辞行的。皇上让我出任广东巡抚，明日启程。"

"那杨琳杨大人呢?"郎世宁脑海里闪现了一下杨兆和的影子。这么多年过去了，杨兆和早就为人妻为人母了。

"杨大人另有任用。"年希尧说，"不过，学生最不放心的是老师。老师来自西洋，在宫中多年，至今仍是没有品阶的待诏画师，这与老师的身份很不匹配啊。"

郎世宁说："多谢年大人提醒，只是我一个西洋的教士，没有背景和根基，能在皇宫里混到现在，已经很不容易了。"

年希尧说："老师，学生倒有个办法，能去掉这'待诏'二字，不知老师愿否采纳?"

郎世宁耸了耸肩："年大人，请赐教!"

看着郎世宁疑惑的眼神，年希尧笑着说："爬了一早上山，我饿了，咱们还是填饱肚子再说吧!"

雍正帝自登基以来，可谓日理万机，身心俱疲。

这天中午，天空中飘起了雪花，紫禁城笼罩在如席的雪花中。雍正帝换上了一件贴身的绸袄，绸袄上绣着一对并蒂莲，这是当年年贵妃送给他的生日礼物。雍正帝一边看着绸袄上这对并蒂莲，一边想，该去看看年贵妃了。

于是，将手里那杯热茶喝下后，他悄悄去了储秀宫。看着飘落的雪花，雍正帝想，这男女间真是神奇，后宫嫔妃众多，可想得最多的人还是年贵妃。

年贵妃自幼长在官宦之家，其父是湖北巡抚、一等公年遐龄。年贵妃柔情似水，贤淑善良，秉性柔嘉，持躬淑慎。先皇康熙帝亲指为婚，深得雍正帝宠爱。雍正帝继位不久，就封她为贵妃，地位却仅次于皇后乌拉那拉氏。而和她在藩邸并肩的另一位侧福晋李氏，入府比她早，年龄也比她大，却只封了齐妃。可见，年贵妃在雍正帝心中的地位。

年贵妃本来身体就虚弱，怀皇九子福沛时，正好是康熙帝的大丧。磕头行礼之事，数不胜数，以她怀孕之身，动了胎气，最终导致难产，福沛生下后就夭折了。她自己的身体更是一落千丈。虽生三子一女，但有二子一女都夭折了。这是她的一块心病，为此，雍正帝觉得很对不起她，对她总以温情抚慰。

雍正帝不止一次说："在藩邸时，事朕克尽敬慎，在皇后前小心恭谨，驭下宽厚平和。朕在即位后，贵妃于皇考、皇妣大事悉皆尽心力尽礼，实能赞襄内政。"

此时，年贵妃正侧卧在暖阁里手抚薰笼（火炉），看着窗外的飞雪发呆。自她由先皇康熙帝亲指婚与雍亲王胤禛为侧福晋，到现在胤禛为帝，她一共给胤禛生下三子一女。现在，只有二子，也是皇八子的福惠在她身边，让她这颗脆弱的心稍感慰藉。

她的思绪又飘到了两个哥哥身上。他们是她在这个世界上最亲近的人，却又都离她千里。大哥年希尧远去广东巡抚任上已有月余，不知到任没有。她又想起二哥年羹尧来。和处世谦逊的大哥比起来，二哥自恃功高，盛气凌人。她最为担心的就是他。现在，皇帝登基初始，正下大力气整顿吏治、惩治贪赃，在这节骨眼上，皇帝迟早不会放过他的。

这个不知明哲保身的二哥啊！

她的手被薰笼烫了一下，忽听帘外太监高喊："皇上驾到！"

她忙下地接驾："臣妾叩见皇上！"

雍正帝已经进屋，一把搀住她的胳膊："贵妃，不必多礼！"

皇帝的这一亲昵举动，让她心头一热。她仍坚持着下地："臣妾去给皇上沏茶！"

雍正帝一把攥住她的手："让宫女们去就行了。来，和朕说说话！"

年贵妃这才吩咐帘外的宫女去沏茶，坐在雍正帝旁边。雍正帝摸了摸她的脸颊："气色还是不好。朕让太医再开个方子。"年贵妃说："皇上，臣妾没事。您把自己的身子养好，臣妾就安心了！"

这时候，雍正帝目光被一旁案几上的一幅新镶的画像吸引过去了。那是一幅西洋画法的人物肖像画，画中人正是年贵妃。画中的年贵妃，身穿狐裘暖袍，坐在一把黄花梨太师椅上，手里拿着一本书，掩卷而思，恬淡中透着一缕微笑，端庄而秀丽。

更让雍正帝感兴趣的是，画上题的一首《浣溪沙》词："水冷烟沉小篆香，一壶愁绪几回肠。帘外轻风吹酒醒，立斜阳。倏忽桃花开又落，须臾人影短还长。只在江南桥畔住，任流光。"

"这首词何人所写？字里行间，朕怎么觉得有一缕愁思？"雍正拿起了画框。

年贵妃说："皇上，此词是臣妾所作。臣妾深感韶华易逝，青春不再，故而惆怅。"

雍正帝说："此画主体乃西方画法，而配诗又有中国画的意韵，出自何人手笔？"

年贵妃说："西洋人郎世宁。"

雍正帝想了想："朕知道，如意馆的西洋画师。朕听他讲过课。你怎么想起让他画像了？"

"是臣妾的大哥带他来的。他和郎世宁私交很好。大哥去广东赴任前，特意把他带来见我。大哥说，他是西洋的顶级画家，像画得最好，我就请他为我画了这幅像，留作纪念。"

"画得不错！这又是从哪里来的？"雍正帝赞道，突然，又将眼光落在了年贵妃戴的一只做工精美的珐琅挂坠上了。挂坠上画的是两只登枝的喜鹊，惟妙惟肖。

"也是郎世宁做给臣妾的。"年贵妃说。

雍正帝笑了："这个郎世宁，真是多才多艺。"

"皇上，您再看看这个！"

年贵妃说着，从抽屉里拿出一个精致的木匣，从里边拿出一只做工精致的桃红地黑色珐琅鼻烟壶，递到雍正手里。

这只鼻烟壶做工尤其巧妙，珐琅画牡丹花，金属做内胎，虽然只有三指宽窄，一面却烧了一对登枝的喜鹊，另一面是一丛娇艳的牡丹花。

雍正帝拿起来细细把玩，一时间，竟爱不释手。雍正帝与其他帝王一样喜爱黄色、大红等颜色，但对黑色格外偏爱。他先后传旨制作了黑地画珐琅白梅花鼻烟壶、铜胎黑地珐琅春盛、黑地白梅花四寸磁碟、黑地仗酱色地仗织圆金龙五彩云蟒袍等各类器物。这些器物中，尤爱鼻烟壶。

烟草于明季传入中国，清初称丹白桂，雍正以前清代诸帝皆无此嗜好，崇德四年（1639年）皇太极颁有禁烟告示，对栽种或吸卖丹白桂者皆以贼盗论罪，康熙帝亦力主禁烟。鼻烟的主要原料是烟草，清初它是上层社会中的时髦玩意，一向标榜"敬天法祖"的雍正帝，竟也免不了要违反祖制，染上这一时髦的嗜好，而且对于贮鼻烟的烟壶也极为考究，有时还亲定式样，但让他满意的不多。

所以，见了这只黑地鼻烟壶，马上就喜欢得不得了。

这时，年贵妃说："皇上，这是郎世宁亲手给皇上制作的，放在这里，让臣妾转交给皇上的。"

珐琅，就是景泰蓝，涂在铜质或银质器物上，经过烧制，能形成不同颜色的釉质表面。既可防锈，又可作为装饰。这种手工制作、工艺复杂的景泰蓝，在当时是最新潮昂贵的藏品。年希尧知道，郎世宁会烧制珐琅，于是，就让他烧制出了这只黑色珐琅鼻烟壶，利用雍正帝的嗜好，借给妹妹年贵妃画像之机，来改变老师的命运。

　　果然，这招挺灵。

　　雍正帝说："这个郎世宁，这么多年，怎么还在待诏呢？朕明日就传旨，封郎世宁为宫廷供奉画师，领朝廷薪俸！"

第十四章

≈≈

圣诞夜的流星

凌晨，郎世宁做了个梦。梦里他仰望星空，一颗流星在他眼前一闪，倏然间就不见了。

雪后的北京碧空如洗，郎世宁早早来到了如意馆。雍正元年的冬月，郎世宁结束了长达七年的待诏画师生涯，成了宫廷的供奉画师。

他正在调颜料，门外有人高喊："郎世宁接旨！"

郎世宁整整衣袍，快速走到门外，果然，张公公笑眯眯地看着他呢！

"臣郎世宁接旨！"郎世宁跪在地上。

"郎世宁，好事来了！"张公公说着，从袖子里掏出圣旨，高声读了起来："奉天承运，皇帝诏曰：西洋人郎世宁来华多年，默默奉献，习中西书画，颇有建树。朕念其恪尽职守，低调为人，人尽其才，特封其为宫廷供奉画师。钦此！"

"臣郎世宁谢过万岁，万万岁！"

"起来吧，郎画师!"张公公笑着说，"什么时候得闲，给咱家也画个像，好歹留个念想。"

"张公公，您啥时候有空，啥时候成!"

看着张公公消失在宫墙后的背影，郎世宁深深吸了一口气。这个年希尧，怎么看他都不像个高高在上的官员，倒像个平易近人的学者，为人讲情重义，办起事来有张有弛。临行前，非要将他介绍给妹妹年贵妃画像，并让他烧制珐琅鼻烟壶给皇帝，没想到，事情竟办得如此顺利。临行前，郎世宁给家里人写了封长信，托年希尧无论如何也要将这封信寄回意大利。也不知他到了广州没有。不知何年何月，还能与他再见。

雍正帝基本上延续了他父亲康熙帝治国执政的理念，手段更为严厉，一大批贪官污吏被砍了头。在郎世宁看来，他也是一位有韬略圣明的君主。他禁止外教传播，可能是出于治国理政的一种策略，并无其他。既然他被封为供奉画师，就得人尽其职，让皇帝高兴，进而改变皇帝对他们这些西洋传教士的看法和态度。可是，画点什么才能表达他的心意呢？经过深思熟虑，郎世宁决定画一幅符合中国人审美理念的寓意吉祥的水彩画献给皇帝。

他画了一幅《聚瑞图》。

画中，一只青瓷瓶中插有一茎两穗的粟米及一蒂二苞的莲花等祥瑞植物，以西方细腻的写实技法表现了层层叠叠的莲瓣，翻转卷曲的莲叶，累累又颗颗分明的谷粒，莹润的青瓷盘口瓶，宛然若真，由图像的绘制加强了祥瑞的真实感。瓷瓶上都有光源反光的描绘，但减缓了对比，显示出一种温和的西洋画风。他采用中国画的颜料、技法，也强调了造型的立体感及质感，尤其加入了西方绘画中所强调的光影变化，在青瓷花瓶的描绘中，加入了高光强调花瓶晶莹圆润的质感，巧妙地将中国画和西洋画的技法融合在了一起。

画面右上有他的题识："聚瑞图。皇上御极元年，符瑞迭呈。分岐合颖之谷，实于原野；同心并蒂之莲，开于禁池。臣郎世宁拜观之下，谨汇写瓶花，以记祥应。"

这是郎世宁来华后的第一幅水彩画，也是最满意的一幅。这幅画的寓意就是，皇帝登基，花木呈祥，新的纪元给天下带来好的征兆。

画作呈上去后，郎世宁焦急地等待着结果。可消息始终没来。莫非，出了什么差池？

这天下午，快要下班的时候，张公公来了，说皇帝要见他。

郎世宁问："张公公，不知皇上见我何事？"

张公公轻声说："我也不知何事，不过，皇上看似心情不好。你说话可要加小心。"

郎世宁听说，就在昨天，朝廷缉捕了几个传教士，关进了大牢。皇帝召他进宫，会不会是和这件事有关？还是他的画作让皇帝不满？就是被砍了头，也不会改变他来华传教的初衷。

张公公将郎世宁带进皇帝的寝宫后就退出去了。雍正帝正伏案批阅奏章，头也不抬，说道："郎世宁，知道朕因何宣你进宫？"

郎世宁说："陛下，臣不知。"

雍正说："你这合颖之谷与并蒂之莲，一茎结出两穗的粟米，以及一蒂开出二苞的莲花，寓意何为啊？莫非，想让我大清臣民和朝廷居怀二心？！"

郎世宁说："陛下，臣万无此意！"

"那是何意？"雍正帝犀利的目光射在郎世宁身上。

郎世宁说："陛下，这合颖之谷和并蒂之莲，是臣亲眼所见。臣之所以画出一茎两穗之谷、一蒂二苞的莲花，是寓意我大清国富民强，陛下的懿德惠及万民，是祥瑞之兆啊！"

让郎世宁没想到，雍正帝笑着说："郎世宁，朕是在跟你开玩笑呢！这幅画，朕很满意，朕岂不知谷与莲是寓意祥瑞？郎世宁，你的画技大有长进啊！"

"多谢陛下！"悬在郎世宁心中的石头总算落了地。

"尤其是你的画，用光线画出了花瓶釉瓷细腻的质地，这些，是我们国内的画师所不能达到的。而且，你巧妙运用了中国的书法以及题款，真正将中西的画法融合在了一起。"雍正帝说着，站起身来，"郎世宁，你没负先皇的圣望啊！郎世宁，听旨！"

"臣郎世宁听旨！"

雍正帝说："郎世宁，朕命你在如意馆的授课基础上再扩大规模，专门向画家传授西洋绘画技法。"

"臣郎世宁遵旨！"

离开皇宫的时候，天快黑了。郎世宁没想到，雍正帝竟如此赏识他。他下决心要把这个画馆开得风生水起。不知是谁，在东教堂的门前放了一株漂亮的圣诞树。

这时候，他才想起今晚是平安夜。由于禁教，今年的圣诞节不比往年，冷冷清清。只有这株被封的东教堂门前的圣诞树，孤零零地在告诉人们，又一年的圣诞来临了。

天色很黑，巷子里的几户人家透出微弱的灯光，给这个清冷寂寥的寒夜带来一丝暖意。哦，那个慈祥的圣诞老人，驾着马车，到了哪儿？郎世宁抬头看了看夜空，似乎在寻找这位老人的踪影。

他租了辆马车。很快，看到院门外灯笼里的光了。铃铛一定等急了。

就在他推门进院的时候，一个和喜子差不多的年轻人出现在灯影里。年轻人捂着胸口，脸上流着汗，似乎跑了很远的路。

年轻人说：“请问，您是郎教士吗？”郎世宁打量着来人：“我是郎世宁。”来人说：“郎教士，可找到您了。杜大人让您无论如何去一趟。”

“杜大人？”郎世宁一愣。

“杜德美，杜大人。他快不行了。”年轻人说，“我是杜大人的贴身仆人，我叫德子。”

郎世宁推门进院，和铃铛打了个招呼，带好了圣油，跟着德子走了。这么多年，一直也没杜德美的消息。只听说，他和雷孝思、白晋、费隐、戴维德、山遥瞻等一批传教士，去测绘长城了，这些年，一直杳无音信，没想到，他竟回到了北京城，他的仆人竟然找到了他。他的脑海里浮现出杜德美那张清瘦、爱开玩笑的脸。

从德子的嘴里，郎世宁知道，杜德美的宅子在紫禁城西边的西绒线胡同。他叫住了刚才坐的那辆马车，和德子坐了上去，打听杜德美的情况。

德子说："杜大人回京多年，因为常年在外搞测绘，腿部落下了残疾，一直深居简出。今天下午，突然发病，他让我无论如何也要找到您。"

德子说到这儿，哽咽起来。

一盏茶后，郎世宁到了西绒线胡同。他下车时，院里传来了哭声。

德子跳下车去："杜大人怎么样了？"

里面的一个女子说："杜大人……杜大人……他……刚刚断了气！"

郎世宁紧走几步，赶到杜德美的床榻前。果如仆人所说，这位老朋友双目紧闭，面目安详，已经去世了。他的脸呈紫色，近乎变黑，头向右边耷拉，没有刮胡子，灰白的头发理得很短。床头柜上的蜡烛把墙壁挂着的一幅画像照得通亮，画上，年轻的杜德美红润的脸上泛着微笑。而此时，他的床上却散发出一股令人无法忍受的气味。

郎世宁撩起被子，握住了杜德美的手，眼睛湿润了。他尽量抑制着内心的悲伤，说："老朋友，现在，你轻松了。"说着，用圣油涂杜德美的前额，口念："我用油涂你，因圣父、圣子及圣神之名，阿门。"

杜德美临终前想到了他，并不仅仅是求他做涂油礼那么简单，他一定有什么话要对他说。

他想对他说什么呢？是对故乡的思念？还是这些年来，传教未了的难处和苦楚？抑或是一些别的什么？

"他什么也没说吗？"郎世宁说。

女子摇了摇头，从杜德美的枕下拿出一个本子。她告诉郎世宁，这是杜德美清醒时写下的。

郎世宁接过，翻开，上面只写着一句话：我害怕圣烛在途中熄灭。

郎世宁心里一颤。

清初，来华的天主教人士，由于他们精通数学和地理，在科学上完成了一件规模更大、成绩也更卓越的伟业，那就是康熙年间的测绘全国地图。大量的来华天主教人士参与其中，杜德美就是其中的一位。杜德美和他的法国教友戴维德一起，先后参与测绘了万里长城以及附近的河道；完成了长城西部，晋、陕、甘等省，以及远达哈密的广大地区的测绘工作。他的同行山遥瞻在云南劳累过度，又为瘴气所袭，一病不起，在边境殉职。而戴维德也在测绘黑龙江时，因木排撞上石砬，被江水卷走。测绘工作前后十余年，这些中西测绘人员完成了各自的任务后，聚齐在北京。康熙五十七年（1718 年），制成了《皇舆全览图》和各省份图稿共三十二幅，并刻印成册。这就是中国历史上第一幅完整的全国地图。

　　杜德美回京后，马上参与编写《皇舆全览图》，根本无暇找郎世宁、罗怀中叙旧。加之皇宫浩大，信息闭塞，只好把这个愿望放在一边。后来，由于常年野外的实地测绘，落下的顽疾复发，地图绘制好后不久，杜德美就瘫痪在床了。杜德美病发，朝廷多方给予治疗，太医院不少太医过来问诊，均未见起色。后来，罗怀中奉命给杜德美看病，罗怀中没想到，他要看的病人竟是老朋友杜德美。从罗怀中的嘴里，杜德美知道了郎世宁的下落。他告诉罗怀中，还想见见那个惹得中国小姐暗送秋波传情的郎老弟。

　　而这些，刚刚身为宫廷画师的郎世宁又如何知晓呢？他将那个本子轻轻放在杜德美身旁，然后，站在院里看着闪烁的星空，为这位逝去的老朋友做祈祷。此时，郎世宁脑子里都是杜德美那张没有血色的面孔。穿过客厅时，他又看见了那尊静止不动的、表情沉着高傲的、隐隐约约焕发着容光的画像。他想到了对比鲜明的死亡和不朽。

　　在这个美好的夜晚，一位老友离开了。一会儿，圣诞老人就来接他了。他在心里说着，一股清凉晶莹的泪水从眼眶滑落。一颗美丽的流星拖着长长的尾巴从他眼前向西掠过，很快，消失在天际间，不见了。

　　他想起了早晨那个梦。

第十五章

≈

马弁噶里

雍正二年（1724年）的秋天似乎比往年来得早。

刚刚进入十月，金秋就熟得透透的。如意馆窗前五彩斑斓的树枝温暖地摇曳。郎世宁品着香茗，望着窗外那棵被霜打红叶子的洋槐，在等着前来上课的学生们。

这一年，郎世宁较以往更为忙碌。自从去年冬天，皇帝命他将如意馆的规模扩大那天起，他就一天也没休息过。得到皇帝的认可，是件多么不容易的事啊！他现在可是信心十足。如意馆的学生淘汰了一些，数量由原来的七八人，增加到现在的十三人。他的同事、宫廷画家斑达里沙、孙威凤、王玫等人，都跟着他学习欧洲的油画技艺。也就是从这时起，纯属欧洲绘画品种的油画，在宫廷内开始流行。让他高兴的是，学生们对他由排斥到认可。

另外，除了授课外，郎世宁另一半时间就是绘制圆明园的通景画。

　　圆明外园原是康熙帝赐给皇四子胤禛的赐园。胤禛继位后，就着手拓展原赐园，并在园南增建了正大光明殿和勤政殿以及内阁、六部、军机处诸值房，夏季在此"避喧听政"。这次大规模的扩建为郎世宁提供了发挥其才能的大好时机。为此，他有很长一段时间住在这里，画了许多装饰殿堂的大大小小不同尺幅的绘画作品。既有欧洲风格的油画，也有在平面上表现纵深立体效果的被宫廷称之为线装画的欧洲焦点透视画。雍正帝经常对他的画作发表意见，并提出建议。皇帝御批，他可以每隔七天，分别去如意馆上课和去圆明园画画，中间休息一天。今年，自春天到现在，他有很多时间，是在圆明园中度过的。

　　昨天，郎世宁从圆明园赶回。这几天，又轮到他到如意馆为学生们授课了。

　　每天早上，天刚蒙蒙亮，他就由王府井坐车夫老海的马车，赶到紫禁城，然后进入如意馆等候学生们的到来。这个老海，和他最对脾气，他也常把他的画儿给他看。别看老海是个车夫，却是个懂画儿的人。有一次，郎世宁把他画的一幅画给老海看。老海说："郎大人，您的画不对！"郎世宁问，哪不对？老海说："红花莲子白花藕。您这幅画画的是白荷花，莲蓬也大，莲子饱，墨也深，可您画的是红荷花的莲子！"从那时起，郎世宁觉得他懂画，懂生活，时常把画作拿出来让他品评，也偶尔把画白送给他。他就说："郎大人，您的画，我藏起来，就是死了也不卖！"郎世宁觉得，中国的老百姓淳朴、真诚、热情。他愿意和他们打交道。后来，老海不赶车，改卖水果了，他也常到他那儿买梨。他知道他最爱吃雪梨，专给他留个儿大的，也不要钱。

今早，郎世宁仍然是坐老海的马车来的。可比起往常，今晨的郎世宁的神情里似乎多了一丝焦虑。几天前，皇帝让他绘一幅《瓶花图》，和去年那幅《聚瑞图》一起，放在寝宫内。画什么花更有寓意呢？经过几天的斟酌，郎世宁征求了老海的意见。老海说，画牡丹啊！郎世宁这才决定画一株并蒂的牡丹。牡丹是中国的四大名花之一，更被尊为国花。其花大、色艳、形美、富丽堂皇、雍容华贵。从古至今，一直被中国人视为和平、幸福、富贵的象征。

经过大胆的创作，几天后，《瓶花图》完稿。郎世宁将中国传统画法与西洋透视法巧妙地融合于其间，绘牡丹时，以色彩深浅来表现层次感；叶面正反向背，叶脉勾勒写实，使其富有立体感。青花牵牛花纹折方瓶，两侧贴饰龙首双耳，以高光强调瓷器晶莹圆润的质感，敷色极具光影效果。瓶内植插罕见并蒂连理的牡丹，象征祥瑞吉兆，寓意平安富贵。

画成后，题上了唐代刘禹锡的诗："庭前芍药妖无格，池上芙蕖净少情。唯有牡丹真国色，花开时节动京城。"还有明代李时珍《本草纲目》中有关牡丹的记述："牡丹虽结籽而根上生苗，故谓'牡'，其花红故谓'丹'。海西臣郎世宁恭画。"画完后，让老海看，老海挑大拇指后，他这才将画呈上去。

这幅画已经呈上一个礼拜了，却没得到皇帝反馈的任何消息，郎世宁不免有些心急。

学生们相继赶来，郎世宁要给学生们讲人体课。今天，轮到孙威风当模特了。孙威风正要上台，忽听门外有人高喊："皇上驾到！"

郎世宁和学生们正欲出门接驾，雍正帝已经推门走了进来。众人跪倒，雍正帝说："朕今日得暇，特来看看大家。朕刚在窗外听说，孙威风是今天的模特。那好，郎世宁，孙威风的模特，由朕来做。"

郎世宁忙跪伏于地："陛下乃九五之尊，臣等不敢！"

"朕虽是皇帝，是人，不是神，是人，就得时常放松一下。朕今天就给大家当模特，郎世宁，朕早就把假发和西洋的服装带来了。郎世宁，请起！"

雍正帝说着，摘掉了皇冠，脱掉龙袍，戴上了假发，换上了西洋的礼服，俨然一位意大利皇宫里英姿勃发的年轻王子。没想到，皇帝今天竟有如此雅兴。郎世宁不由得想起了一年前，康熙帝到这儿来演讲的情形。

两代帝王，对他如此关注，郎世宁的心里骤然涌起一股暖流。

郎世宁说："陛下，臣也参与绘画。"

雍正帝笑道:"郎世宁,你的《瓶花图》朕看过了,朕很喜欢。"接着,雍正帝又对学生们说,"你们得向郎先生多多学习,要中西融合,独具匠心。"

接着,雍正帝就站在前面,认认真真地做起了模特来。郎世宁采用西洋颜料,以此绘制了带着西洋人长长的卷发、身穿礼服、英气逼人的《清世宗雍正化装像》,再次博得了雍正帝的赏识。

雍正帝做罢了模特,对郎世宁说:"朕一直有个心愿,将我大清的列祖列宗画成像,早晚祭拜,以保我大清国运昌盛。这件事,朕仍交给你来做。"雍正帝沉吟了片刻,"为我列祖列宗画像,首先得了解我大清的来历。朕想效仿先皇回乡祭祖,怎奈公务缠身。朕不日令鄂尔泰代朕前往,请你跟随!"

郎世宁跪伏于地:"臣郎世宁遵旨!"

转眼,郎世宁随鄂尔泰代雍正帝回乡祭祖,离京已经整整两个月了。

已是初冬时节。中国之大,远远超出了郎世宁的想象力。看什么都备感新奇,眼睛都不够用。出了山海关,到了盛京,他们先后拜祭了太祖努尔哈赤的福陵、太宗皇太极的昭陵;现在,一行人,又浩浩荡荡赶往满洲老家赫图阿拉(满语意为"横岗"),埋葬大清远祖肇、兴、景、显四祖的永陵祭拜。

天空阴云密布,飘起了雪花,一时间,雪大得让人睁不开眼。此时，郎世宁竟想起了那位多愁善感的诗人纳兰性德来。那一年的冬季，随从康熙帝远赴关东祭祖的纳兰性德，面对漫天飞雪，萧瑟的故乡，又该有着怎样的思绪呢？

初到北京城，也是一个雪天，姚子昂给他吟诵的是纳兰性德的《采桑子·塞上咏雪花》，当时，他只知道这首诗韵味很美，对它的具体含义却全然不知。现在，当他同样在一个雪花纷飞的冬日，走在和纳兰性德同一条去往辽东的路上，才对诗人当年的情怀有了些许的理解。

满族，的确是一个神秘而又伟大的民族。郎世宁来华后，研究了大量的满洲历史。对大清的建国史，最初只是一知半解，现在已经了然于胸了。

他知道，满族的祖先肃慎人于公元前一千余年即遣使向周天子进贡"楛矢石砮"。战国以后，肃慎被称为挹娄。南北朝、隋、唐时期，肃慎、挹娄的后裔，相继以勿吉、靺鞨的名称出现。唐朝时，大祚荣被册封为渤海郡王，建立渤海国，这是满族历史上的第一个地方政权。公元十二世纪，黑水靺鞨的后人完颜部落兴起，公元1115年建立金国，这是满族先人建立的第二个地方政权。早期，八旗满洲包括建州女真、海西女真、东海女真和黑龙江女真。到明中叶以后，女真各部互争雄长，经常征战，形成互相残杀的混乱局面。建州左卫猛哥帖木儿的六世孙、建州女真的杰出领袖努尔哈赤统一女真各部。努尔哈赤去世后，第九子皇太极1636年登基称帝，将农历十月十三日定为颁金节，改后金为大清，把女真族改为满族。从明万历四十四年（1616年）努尔哈赤在辽东赫图阿拉（今辽宁新宾）黄衣称朕，建立后金开启大清皇朝的历史以来，到现在已经历经四世，整整一百零八年了。

"郎先生，你们意国有没有这么冷的冬天？"

一个熟悉的声音将郎世宁从思绪里拉了出来。他扭过头来，鄂尔泰在他面前勒住了马。去年的五月，他被任命为江苏布政使一职，回京述职时，被雍正帝任命为回乡祭祖的总管。

郎世宁说："大人，我们意国的冬天温润多雨，更没有雪花。"

鄂尔泰说："看来，世界真是很大，有许许多多的国家，我大清只不过其中一国啊！"

对鄂尔泰，郎世宁事先做过一番了解。鄂尔泰为官清正，学识渊博，文武双全，康熙帝时仕途不顺，却得雍正帝赏识。让郎世宁敬重的是，鄂尔泰不纳妾。元配夫人瓜尔佳氏夫人早逝，续娶的是大学士兼吏部尚书迈柱的女儿。鄂尔泰与迈夫人感情甚笃，在朝中传为佳话。

郎世宁说："大人，陛下让我给列祖列宗画像，可前四代先皇，除了圣祖皇帝，我并没有见过，实不知如何落笔啊！"

鄂尔泰说："陛下让您随我回乡祭祖，实有另一番深意啊！郎先生，我大清国的先皇，并不仅仅四代。"

郎世宁惊讶地打量着鄂尔泰。

鄂尔泰说:"郎先生,我们前去的永陵,里面就有四位先皇的灵寝。世祖福临皇帝在位时,追封葬在里面的太祖皇帝的六世祖猛哥帖木儿为肇祖原皇帝、曾祖父福满为兴祖直皇帝、祖父觉昌安为景祖翼皇帝、父亲塔克世为显祖宣皇帝。"

郎世宁突然明白,雍正帝让他随同鄂尔泰东巡祭祖的真正原因了。他是想让郎世宁了解大清国的创建史,以及祖宗创业的艰辛。只有了解了这些,才能让列祖列宗的画像更赋神韵。

"噶里使得还顺手吗?"鄂尔泰指着郎世宁的马弁说。

郎世宁说:"还是陛下想得周全,知道我不擅骑马,特意安排噶里为我牵马。这一路,多亏噶里了!"

那个叫噶里的马弁回头,冲着郎世宁和鄂尔泰一笑。临行前,雍正帝吩咐鄂尔泰挑选一个得力的马弁专门侍候郎世宁。噶里是满名,意思是伶俐之意。如他的名字一样,噶里鞍前马后照应郎世宁,两人结下很深的友谊。一路上,噶里将他知道的所见所闻,绘声绘色地讲给郎世宁听,让郎世宁又了解了许多他所不知道的满人民俗和地域风情。

他们从离开盛京,往东已经走了整整两天了。一路上,道路崎岖,山高林茂,古木参天,队伍像条蠕动的长蛇,行走极其缓慢。到了黄昏时分,雪停了,前不着村,后不着店,加之天色已晚,鄂尔泰吩咐就地扎营,天明出发。

这是自离京以来,第一次在野外扎营。众人迅速扎起营帐,埋锅造饭。噶里却不急着扎帐篷,而是生起了一堆篝火。

等火快燃尽了，将其踩灭，将帐篷扎在上面。

郎世宁说："噶里，怎么把火踩灭了？"

噶里说："郎大人，一会儿您就知道了。"

噶里说着，弄了些柴草，铺在了刚刚燃过篝火的地面上，对郎世宁说："郎大人，躺下休息吧！这像冬天里的热炕头，人睡在上面不受潮。"

郎世宁躺在上面，枕上包裹，看着噶里，面露欣喜："还真是哟，热乎乎的，噶里，你真行！这办法是在哪儿学的？"

噶里说："跟我阿玛学的。跟着他，我学到了很多东西，比如捡一块马粪，闻一闻，就知道前边的马过去多长时间了；黑夜迷路，捡一块土坷垃（土块），捏一下就能辨别方向，土块朝阳的一面松软，背阴的一面发硬。"

郎世宁说："你知道的可真不少。"

他们的帐篷紧挨着一棵参天的古松，郎世宁抱着它，环绕了几圈。这时，一个灵感突然跳进了他的脑子里。对啊！何不画一棵古松，献给皇帝陛下呢？他甚至因为自己的想法兴奋得睡不着觉。

外面寒风刺骨，帐篷内却温暖如春。郎世宁和噶里在聊天。这时，一阵奇异的动物叫声在山林间回荡，像刮过一阵风。噶里说："郎大人，听出这是什么声音了吗？"郎世宁摇了摇头。噶里说："是虎啸！"

"你是说，老虎在叫？"郎世宁来了兴致，坐了起来。

噶里点了点头："这有什么好奇怪的？山林里虎狼多得是。康熙老佛爷就是个射虎能手，他这辈子射杀过一百多只老虎呢！当今皇帝，也是射虎的老手。"

郎世宁被噶里绘声绘色的描述吸引住了。老虎是百兽之王，以凶猛称霸山林，可对康熙父子来说，他们射杀起它们来，似乎手到擒来。他的脑海中浮现出了这对皇帝父子弯弓射虎的雄姿来。这个寒冷奇特的夜晚，给郎世宁留下了特别深刻的记忆。

回到北京城，郎世宁创作出了大清国几代君王的画像，得到了雍正帝的肯定。不久，他又画了《嵩献英芝图》送给皇帝作为生日礼物，更是博得皇帝的喜欢。

画面正中是一只兀立于石上的白鹰，鹰首转向画的右侧，鹰目炯炯，利喙弯曲，鹰爪紧紧抓住石头。画面的右边是一棵弯曲盘绕的古松，苍老斑驳的树干和前后掩映的松枝仿佛可攀可抚，一棵藤萝盘绕着松树枝干，凹凸有致，松树的根部和石头的缝隙间有灵芝数株。画幅左边为坡石，一条湍急的溪流顺势而下，在山石隙谷间曲折绕行，激起无数水花。

《嵩献英芝图》用的是欧洲画法，但画中蕴含的内容却完全是中国的。画中的白鹰、松树、灵芝、巨石也都含有歌颂、祝福的意思，画幅的名称"嵩献英芝"，其实就是松、鹰、芝的谐音，这些动植物在中国人的喻义中象征着长寿、强壮、灵敏、吉祥。

画这幅画，就是受了祭祖路上夜晚扎营时那棵古松的启发。

郎世宁献画时，意外邂逅了祭祖回京后再也未见的噶里。郎世宁远远望见，他在一队侍卫的队伍中，人精神了许多，与之前的噶里，简直判若两人。

郎世宁很奇怪，一度认为自己看花了眼。其实，噶里是雍正帝派到郎世宁身边的"尚虞备用处"的秘密"特工"。尚虞备用处又称粘杆处，它的职能，表面上看是在皇帝出巡时负责抬轿、捕鸟、马弁、钓鱼一类的娱乐事宜，实际上是皇帝的私人特务组织。

这些，来自西洋的郎世宁又如何得知呢？

第十六章

≈

巧捞石犀

天像豁了个大大的口子，扯天扯地的雨水倾泻而下。接连七八天了，非但没有停下来的意思，反而越下越大，大有淹没北京城的气势。

昨晚，郎世宁从圆明园赶回来，不过，今天一早，并没有像以往那样，早早到如意馆授课。而是应果郡王胤禧之邀，到他的王府给新娶进门的福晋画像。为此，他昨天特意告了一天假。

连天的暴雨，地面的积水已经过膝。郎世宁坐了轿子。尽管朝廷给他配了轿子，他还是坐着老海的马车习惯。这几天雨大，铃铛让他无论如何也得坐轿。没有铃铛的照顾，他的生活肯定会过得一塌糊涂。想来，铃铛也不小了，按中国人的想法，得给她选个合适的人家了。

一队骑马的宫中侍卫从轿前穿梭而过。马蹄飞过，溅起的水花沾到了轿夫身上和轿子上。最近，皇宫内发生了很多大事。他听说，雍正帝以作威作福、结党营私之名，责令抚远大将军年羹尧自尽，同时，削重臣、国舅隆科多太保之职，八皇子胤禩也被圈禁。据说，八皇子是雍正帝储位之争最大的对手。郎世宁时常想起，几年前，他和罗怀中来王府井家中看他的情形。这位说话随和的八阿哥怎么成了皇帝的眼中钉了呢？

郎世宁最担心的是年希尧。最近，年希尧与他通信甚频，和他反复探讨推敲即将刊印的《视学》一书。年希尧是他的同道，也是挚友。皇帝令年羹尧自尽，年希尧作为他的胞兄，会不会受到牵连？那个温柔贤淑的年贵妃，会不会因此而失宠？罗怀中呢？不会也因为八皇子被圈禁而遭牵连吧？他有一年没见到他了。

透过轿窗，郎世宁看到了被雨水打湿的一户人家门扇上贴的门神。门神一个是手持双锏的秦叔宝，另一个是手持双鞭的尉迟敬德。

郎世宁看过《隋唐演义》，里面有这样的一段记载：有一阶段唐太宗李世民情绪很不好，晚上睡觉常常听到卧房外边抛砖掷瓦，鬼魅呼叫。他很害怕，将此事告诉君臣。大将秦叔宝说："臣戎马一生，杀敌如切瓜，收尸犹聚蚁，何惧鬼魅？臣愿同敬德披坚执锐，把守宫门。"李世民同意。当夜果然无事。自此以后，便让二将夜夜守卫。后来李世民嫌二人辛苦，便命画工绘二人如往常守卫的全身像悬挂在门口，邪祟从此便绝迹了。上有所好，下必效仿，门神就传到了民间，至今民间所贴门神大都是秦琼、尉迟敬德。

　　这只是中国话本小说中的章节，不过，却让郎世宁想到了唐朝的玄武门之变。当年，李世民在玄武门设伏，杀兄、屠弟，夺太子之位，后又逼父退位。郎世宁觉得，时下发生的事情，和当年的玄武门之变何其相似啊。如果把雍正帝比作唐太宗，年羹尧和隆科多就是化作门神的秦叔宝和尉迟敬德。只是，他们的命运还远不如秦叔宝和尉迟敬德呢！权利的角逐，东西方的手段如出一辙。

　　郎世宁感叹，同为皇子，三皇子诚亲王胤祉、十四皇子胤禵、八皇子胤禩都惹来杀身之祸，而果郡王胤禧就能保全。他是康熙帝的第二十一子，雍正帝认为他实心报国，操守清廉，封其为果郡王。后来，郎世宁分析，可能那时候，果郡王年纪尚小，没能参与到争储的斗争中去。

　　"大人，前面过不去了！"一个轿夫说。

　　"大人，水把万宁桥漫过去了！"另一个轿夫说。

　　雨似乎小了一些。透过轿窗，郎世宁看到，雨水里，许多披着蓑衣的人跪在万宁桥旁，冒雨向天叩拜。

　　郎世宁下轿，也披上蓑衣，蹚了过去。因为连日雨水，水势大涨，漫过万宁桥的桥面，水流湍急，人不得过。

　　万宁桥亦称海子桥、地安桥，因在地安门前，而地安门与天安门相对，应算是皇城后门，故俗称为后门桥。这座桥建于元代至元二十二年（1285年），后改建为单孔石桥，在元代的作用相当巨大，是元大都、明清北京城起源的重要标志。当时，它是连接和扼守大运河与积水潭码头的水上交通枢纽。该桥有大水闸，通过提水放闸，让沿大运河北上的粮船驶入大都水港，相当于大都进食的咽喉，地理位置极为重要。此后，因河道淤塞，这方面的作用降低，但仍为北京南北陆路交通的必经之处。

众人跪拜的一个重要原因，是万宁桥边有一只镇水的数万斤重的石犀被冲入了河底。皇帝下旨，三天之内，将其打捞上来。现在，两天过去了，打捞工作没有丝毫进展。还有一天，如果仍打捞不上来，会被治罪，故此，众人跪拜，祈求雨止，奇迹出现。

郎世宁对这只石犀很熟悉，它身材高大，篆文铭背，昂首安卧于岸边，炯炯目光注视着桥的西北方向。他不止一次抚摩过它的身躯，甚至想给它画一幅画。这里比故宫的地基高。以前，遇到大雨之年，这一带便成水患之地，为了防止此处河堤决口，殃及紫禁城，元朝时在此设置石雕的神犀，以压水精，观察水线，加强防护，免使皇宫遭受洪水之灾。

人群中有识得郎世宁的，都和他打着招呼。

"郎大人，您一定有办法，救救我们吧！"一个汉子抹了抹脸上的雨水，向郎世宁叩拜。

郎世宁想了想，用已经相当流利的京腔说："你们当中都有谁的水性好?"

他想起了一个人和钟楼的大吊钟。

汉子说:"我们当中很多人会水,我的水性就不错,大伙都叫我浪里白条。"

郎世宁说:"那,你们有把握潜到水底,摸清石犀的具体位置吗?"

汉子点了点头,指了指一旁另外几个汉子:"没问题!深吸一口气,我们几个都能潜入水下好大一会儿呢!"

郎世宁说:"可现在水流湍急,还有漩涡,能行吗?"

汉子说:"这条河表面上看似水流很急,然而水底水流速度并不快,潜到水底摸清石犀问题不大。郎大人,您的意思是……"

郎世宁说:"我倒有个办法可以打捞石犀,不过,这事事关重大,须经九门提督隆科多大人批准,方可实行。"

九门提督,清代的驻京武官,主要负责北京内城九座城门内外的守卫和门禁,还负责巡夜、救火、编查保甲、禁令、缉捕、断狱等,实际为清朝皇室禁军的统领。当时,隆科多兼九门提督之职,前几天,刚被雍正帝拿下太保之职。

汉子有些迟疑,忽听身后有人说道:"不必找隆科多大人,本王就批准,按郎大人的吩咐去办!"

郎世宁回过头,竟是果郡王胤禧。

众人跪倒:"王爷吉祥!"

"臣郎世宁见过果郡王!"郎世宁叩拜,"您怎么到这儿来了?"

允禧扶住郎世宁说:"本王早起,见雨过大,担心皇宫安危,出来巡视。郎世宁,你们西洋人的办法多,可有办法打捞石犀?"

郎世宁说:"臣倒有个办法,只是需要几艘大点的木船。"

允禧疑惑地看着郎世宁:"木船?"

郎世宁点了点头。

允禧说:"我马上令人将船找来,随你调用!"

半个时辰过后,两艘木船调配过来。

郎世宁先令刚才的那个汉子带了几个会水的同伴,潜入水底,摸清石犀的具体位置,然后,叫人把两艘大木船并排拴在一起,船上装满泥沙。两艘木船之间还用结实的木料搭个架子。郎世宁亲自带人把这两艘装满泥沙的木船划到石犀沉没的地方,船稳下来后,又请那几个熟悉水情的汉子带着绳索潜到水底,用绳索把石犀绑牢,然后将绳索拉紧,把绳索的另一端捆在两船之间的架子上。

准备工作做好之后,郎世宁命人把船上的泥沙扔到河里。泥沙被一铲一铲地扔到河里,大船慢慢地上升。一个时辰后,终于把石犀从淤泥里拔了出来。两艘大船拖着没在水里的石犀,回到了它原来的位置。

果郡王说:"郎世宁,真有你的!这只石犀重达万斤,你是怎么把它从河底的淤泥中拔出来的呢?"

郎世宁说:"回王爷,两只船原来装满了泥沙,泥沙很重,船吃水很深。此时，船受到的浮力，等于船身的自重加上泥沙的重力。当把泥沙扔到河里，船上的泥沙减少，重力减少，而船的排水量不变。两只木船受到的浮力超过了船身的自重加上余下的泥沙的重力。最初，船不上浮，因为它被绑在绳索下的石犀拖住，随着泥沙被不断抛出木船，重力越来越小，绳索对石犀的拉力越来越大，直到多余的浮力超过了石犀的重力，石犀就逐渐从淤泥中被拔了出来。是水的浮力把石犀从水底拉上来的啊！"

果郡王大笑："还是你们西洋人主意多！当年，钟楼上的那口大吊钟，十几万斤，愁坏了汗阿玛，最后，是比利时国的南怀仁教士动用了西方的机械，才把这口大钟吊上去。"

郎世宁说："回王爷，臣正是受了这件事的启发。"

黄昏，太阳像个巨大的柿蛋掉到西山里了。下了班，郎世宁第一件事，就是坐上老海的马车去琉璃厂西街的松竹斋（荣宝斋的前身）。他有几幅画在那儿寄卖呢！

由于连日暴雨，水患严重，北京、河北等地，多地受灾。一时流民四起，飞蝗铺地，有的地方甚至闹起了瘟疫。雍正帝下令，朝中官员，无论职位大小，均去赈灾。郎世宁也加入了赈灾的行列。雨停后的几天，他脱掉袍服，在罗怀中的指导下，用绢布（口罩的雏形）蒙住口鼻，指挥人沿街泼洒生石灰。

他的官阶不高，只是个从五品，一年的俸银为八十两、禄米四十石。除去和铃铛在一起的日常开销，所剩无几，这些年也没攒下什么。如何捐助灾民？郎世宁突然想，何不将自己的画作拿出来到街上卖？于是，他把自己的几幅画作拿到松竹斋去寄卖。

他的西洋画不好卖，一连几天，一幅也没卖出去。几天前，他把两幅东西融合的画作拿了过去，掌柜的一见这几幅画，连挑大拇指，说一定能卖个好价钱。也不知道这几天卖得如何。

郎世宁下车，看到松竹斋对面聚拢着一群人。透过人群，郎世宁看到，几个汉子正围着一个衣衫褴褛的年轻人。

一个伙计模样光着膀子的汉子说："你不是能偷吗？把这个烧饼给老子吃下去，老子就不冲你要钱了！"

另一个汉子指着年轻人说："这小子看样子还是个读书人！你瞧他那副吃相，就像八辈子没吃过东西似的！"

有人小声说："再让他吃，非撑死不可。"

郎世宁拨开人群，走了过去。他看到，年轻人明明已经吃不下了，可在汉子的威逼下，硬往下咽，一边嚼，还一边往外吐。他的目光和年轻人的目光相撞。他发现，年轻人满是泪水的目光里流露出祈求的神情。

郎世宁对那个光着膀子的汉子说："这位小兄弟，怎么回事？"

汉子说："这小子偷了我们店里的烧饼，我让他吃个够！"

"小兄弟，再吃下去可就出人命了。难道，你不怕吃官司？

多少钱，我来付！"郎世宁说着，从袖子里掏出几文铜钱，塞到那汉子手里，"够了吧？"

汉子看了看郎世宁，将铜钱拿在手里掂了掂："看在这位洋大人的面子上，就饶了你！"汉子说罢，将铜钱揣在怀里进店去了。

年轻人跪在郎世宁脚下，磕头不止："谢谢！谢谢您，洋大人！"

郎世宁说："年轻人，看你的样子是个读书人。到底是怎么回事？"

年轻人一边打嗝一边说："我叫王幼学，来自保定府张家庄，最近家乡闹了水荒，于是进京寻亲，没想到，亲戚惹了官司，家被封了……我的盘缠被抢，饿得实在受不了了，这才……"

郎世宁回想起了当年在张家庄落雪，给铃铛干粮的情形，便笑着说："想不到，我和张家庄的人有缘啊！"

"大人和张家庄有缘？"王幼学疑惑地打量着眼前这个金发碧眼的洋大人。

"哦，没什么。"郎世宁说着，将袍袖里仅存的一块银子塞给了王幼学，"这点钱你拿去，回家做点什么吧！"

王幼学叩头不止，千恩万谢而去。

望着王幼学渐远的背影，郎世宁在心里祈祷。

这时，有人在后背轻轻拍了他一下。

郎世宁回头一看，一个须发皆白叼着旱烟袋的老者正看着他笑呢！

第十七章

~~~

牧场画马

老者是怡亲王胤祥的老总管阿思海。郎世宁认得他，世代包衣（满族贵族的家生奴才），如今做到了总管。

郎世宁躬身施礼："给老总管请安！"

阿思海说："折煞老奴。郎大人，王爷让我请您明天进府。我正要找您呢，没想到，在这儿碰上了。"

郎世宁忙问："王爷找我何事？"

阿思海说："老奴也不知情，明天不就知道了？"

郎世宁明知故问，他心里很清楚，怡亲王找他，一定和果郡王一样，找他画画呢。前些日子，他为果郡王新娶的福晋画了像，送画时，恰巧怡亲王也在场。

怡亲王允祥是康熙帝第十三皇子，和雍正帝感情最好，雍正帝待他也非寻常。雍正继位后，便封其为怡亲王，又出任议政大臣，处理重要政务。

翌日早上，郎世宁先去养心殿造办处告了一天假，这才赶到怡亲王府。果如郎世宁所料，怡亲王要找他画画。不过，怡亲王找他，并不是给他自己和福晋们画像，而是画一只犬。

怡亲王说："本王今天没上朝，想请郎画师为我的爱犬画幅画，我要收藏下来。"

怡亲王领着郎世宁来到王府后花园，苦瓜藤缠绕的翠竹边，站着一只身量细长、遍体青灰、头颈和尾尖为白色的西狯良犬。这的确是一只与众不同的良犬，身上银灰色的茸毛细腻而有光泽，尾部、四爪及口鼻部均呈白色。那气定神闲的样子完全透露着只有富贵名犬才有的气质。它腿长身细，劲瘦有力，正在以警觉而温和的目光注视着前方。

"王爷，这的确是一只良犬，还是西洋的名贵犬种。"郎世宁说。

"郎画师，好眼力。这是去年，葡萄牙国的传教士麦大成特意从他们的国家带来送给陛下的国礼。据说，这是他们国王的心爱之物。半年前，陛下将它转送给我了。"怡亲王说着，来到这只西狯犬旁。那犬便摇头摆尾，伸出前爪扑在怡亲王怀中。

"犬通人性，郎画师，看你的本事了。"怡亲王搂着犬的脖子说。

郎世宁说："臣一定尽力！"

怡亲王说："不是尽力，是一定要画好。犬的寿命一般十年左右，这只犬现在已经五岁了，和人的花甲之年差不多。这只犬给本王带来的快乐实在太多了，它就是本王生活的一部分啊！本王就是想让你把它画好，将来留个念想。"

郎世宁说："王爷的心情我十分理解。不过，如果把它画得逼真，臣须在王府和它朝夕相伴，住上几天，方能画出它的神韵。只是，如意馆和圆明园那边……"

怡亲王说："我明天跟内务府打个招呼，准你半个月假。"

这两年，郎世宁将主要精力集中在了教学上。他的透视课引起了学生们的极大兴趣，除了原来钦定的十三人之外，又有不少画家加入了学习的行列。让郎世宁感到欣慰的是，他们中的很多人已经开始运用他所教授的西洋画技法了。小小的如意馆，一时荡起了学习西画的微风，很快，就刮遍了整个紫禁城。除了皇帝外，怡亲王和果郡王也来听过课。

半个月后，画成，怡亲王大为赞赏，取名《竹萌西犭图》，并盖上"怡亲之宝"的印章。

画面主体是那只西犭。在苦瓜藤缠绕的翠竹边，这只欲动又止、肌肉筋骨具有逼真的质感、身量细长、目光机警而温和的西犭，被郎世宁刻画得极其细致，连眼睛里的细微明暗变化，犬口部细细的毫发，甚至犬身上体表微现的脉络都被一丝不苟地表现出来。在犬周围，散生着一些小草、野花等，左端是苦瓜绕生的两竿翠竹，亦极尽工整细致之能事，不仅明暗、纹理等被刻画得十分清晰，甚至还可以辨认出花草的种类。

怡亲王说："郎画师，这幅画造型准确，形象生动逼真，是本王平生所未见。能否跟本王讲一讲，关于这幅画所用的画法?"

郎世宁说："回王爷，画这幅画，臣用的是西方的写实画法，不过，结合的却是中国画的笔、墨、颜料和构图、皴法。"

怡亲王说："说来听听。本王平时也爱画些水墨，这种画法却从未见过。郎画师，你是如何使画面上的动植物之间不再是各自独立而是相互映衬，从而构成天然之美的呢?"

郎世宁说："王爷，这幅画的构图是典型的中国传统样式，良犬的塑造，在西方绘画写实的基础上结合了中国工笔画晕染的方法，既重质感又重传神，周边的环境描绘借鉴了中国画的皴法，地面的处理或勾或染，或勾皴结合，用细笔的丝毛法营造出绿草茵茵的感觉；一旁的两棵翠竹，保留了西画里的高光效果；竹叶、瓜藤、果实以及地面的野花、小草均先勾勒出轮廓，再渲染出明暗关系。这种中西结合、诸法并用、见形见趣的尝试，臣也在实践中摸索。"

怡亲王说："怪不得先皇和陛下都对你刮目相看，果然不同凡响。来人，看赏!"

怡亲王话音刚落，一个家人端着一盘雪花花的白银，走了进来。

郎世宁说："王爷，臣不过为王爷画了幅画而已，岂能要赏?"

怡亲王说："这是你应得的。给你，你就拿着!"

郎世宁想了想说："臣实不能要。这样吧，王爷非要赏给臣，莫不如将这些银子捐给如意馆，馆里正要购置一批绘画的颜料呢！"

怡亲王指了指郎世宁笑道："好，就依你，捐给如意馆。"

郎世宁说："王爷，臣有一事相求，望王爷恩准。"

怡亲王说："郎画师，有事但说无妨，只要是我能办到的。"

郎世宁这才说："臣等不远万里，来到大清，实则为传教而来，先皇和陛下都视基督耶稣为邪教，禁令臣民信奉。臣叩请王爷，便时跟陛下陈述臣内心的苦闷，希望陛下能对天主教的看法有所改变。"

"要是我们的人去欧洲改变你们先贤制定的律法和习俗，你们会怎么说呢？不过，我会向陛下奏明的。"怡亲王沉吟片刻，突然抬高了声调："郎世宁听旨！"

怡亲王的脸色变得严肃起来，他从怀里掏出一张圣旨来。

郎世宁忙跪在地上。

郎世宁说："臣郎世宁接旨。"

允祥展开圣旨，高声诵道——

"奉天承运，皇帝诏曰：明年，是我大清开科取试之年。为祝我大清国运昌盛，人才济济，特令郎世宁画《百骏图》。钦此！"

昨日，怡亲王上殿，和雍正帝谈起郎世宁为其画犬一事。

雍正帝说："让郎世宁为你画朕那只西狑，是私事。明年，朕要开科取试，广招贤能。你代朕传旨，着命郎世宁速画《百骏图》。圆明园的活儿，让他先放一放。"允祥这才代为传旨。

郎世宁跪谢，接过圣旨："臣郎世宁遵旨！"

雍正六年（1728年）的一个艳阳高照的夏日午后，北京城外的一处草场上马儿嘶鸣，郎世宁正跟随巡捕五营统领多罗观看套马呢。远处的永定河在午后阳光下闪着潋滟的波光，和草场上的马群相映成趣，仿佛一幅宁静悠远的山水画。

"额尔登布，把那匹大红马给我套住。额尔登尼，给我装袋烟。"多罗兴冲冲地冲着两个士兵吩咐道。阳光照在他穿着褐色马褂的身体上，给他消瘦的身躯镀上了一层金黄。

两个手下应声出列。就见额尔登布飞身上马，操起套马杆就奔向了那匹大红马。望着草场上荡起的那片烟尘，吸着额尔登尼给他装的烟锅，多罗乐得眼睛眯成了一条缝儿。套马可算是一门绝活儿，没有高超骑术的人是套不着马的。八旗营中，能够轻松玩套马杆这手绝活的人也是凤毛麟角。

"郎大人，没见识过吧？"多罗扭头，向一边的郎世宁笑了笑。

"将军，场面好壮观啊！"郎世宁大声说道。

最近，他在圆明园的马厩里画马，但马的表情很僵硬，果郡王胤禧于是安排他跟着巡捕五营来京郊外的草场放马。多罗早知郎世宁的名声，对他很是尊重。

这几天，郎世宁的心情一直不错。雍正帝把东堂归还给了教友们，不过，只允许西洋人去那里祷告、礼拜，中国人仍是被禁止的。但对郎世宁来说，这已是让他高兴的事了。皇帝已经松了口风，余下的事，慢慢地来。

这位多罗，临来时，郎世宁就听果郡王给他讲过。他高祖父是大清国开国第一功臣额亦都。大清国开国有五大功臣，而额亦都排在第一位。这位多罗，颇有先祖遗风，甚至在郎世宁的想象里，比几百年前的欧洲骑士军的骑士还要勇猛。

欧洲十字军是由罗马教皇组织起来的一支向东方掠取财富的远征军队。当年，带头组织十字军的，正是罗马教皇。教皇想从东方掠夺财富，借机扩大教会势力：让信奉基督教的骑士去占领东方，使他成为东西方共同的最高统治者，那样，他和教会就天下无敌了。这支远征军队并未成功，仅仅泛起了几朵浪花，就被湮没在历史的长河里了。

"郎大人，这几天有收获吧！"多罗说。

郎世宁说："将军，眼前的场景，才是真实灵动的画面啊！我已打好了画稿，明日动笔。你让你的士兵给我准备一张桌子，一把椅子，我自备画具，就在这儿画。"

多罗说："郎大人，您想要马做出什么姿态，咱们就让它做出什么姿态来。"

这时，就见额尔登布将套马杆套在了那匹大红马的脖子上，大红马四蹄跃起，发出阵阵嘶鸣。

郎世宁兴奋得用满语高呼："巴图鲁（满语，勇士）！巴图鲁！"

一旁的士兵，包括多罗，都被郎世宁的洋京腔和滑稽的样子，逗得笑出声来。

初冬的寒流逼进北京城的时候，《百骏图》画完了。这幅画，从夏到秋，从秋到冬，郎世宁画了一百多个日夜。

这幅绢本长卷，描绘了姿态各异的百匹骏马嬉戏的场面。这次，郎世宁使用的是中国软笔，按西画的透视和光感等技巧，把马的形态和神态表现出来。

一大群或站或卧、或翻滚嬉戏、或交斗觅食的马儿，它们聚散不一，自由、舒闲。画中的马儿，还有人物、山水、草木，无不精致写实，比例结构的精准和对光的运用所表现出的立体感，显示出郎世宁扎实深厚的西学功底；而勾线、皴染又都是传统的中国手法。

当画作呈现在雍正帝面前时，雍正帝龙颜大悦："十七弟，你给朕说说，这幅画好在哪里？"

一旁的果郡王赞道："陛下，臣弟以为，这幅形象逼真、构图繁杂、色彩浓丽的长卷给人印象最深的地方，是给予人们足够的想象空间，它不是一览无余，而是令人产生无边的遐想啊！"

雍正帝意犹未尽，点了点头："朕怎么觉得还有好多地方没说到呢？朕不懂绘画，说不出来。"

果郡王说："陛下，画面的首尾各有牧者数人，控制着整个马群，体现出人与自然的和谐关系。在表现手法上，郎世宁充分展现了欧洲明暗画法的特色，马匹的立体感十分强，用笔细腻，注重于动物皮毛质感的表现。"

雍正帝说："还是你懂画，一语中的！此画中的百匹神骏，姿态各异，或立、或奔、或跪、或卧，可谓曲尽骏马之态，象征着我大清国运昌盛。虽然用的不是通常画油画用的油彩，却栩栩如生，逼真到让人忍不住用手触摸。近日就是朕五十岁的生日，这幅画，就先作为贺寿之用。"

郎世宁忙跪伏于地，说："臣拙笔，提前祝陛下生日快乐，万岁，万万岁！"

"郎世宁，你绘制此画，功不可没！"

"臣不敢讨功。"

谁知，雍正帝说着，竟突然阴下脸来，"郎世宁，你可知罪？！"

郎世宁怔怔地看着雍正帝，惊呆了……

第十八章

结识郑板桥

　　郎世宁献罢《百骏图》，雍正帝对其百般称赞之时，竟突然阴下脸来，让郎世宁丈二和尚——摸不着头脑。

　　"陛下，臣不知！"郎世宁匍匐于地。

　　雍正帝说："郎世宁，你是不见棺材不落泪啊！来人，把东西呈上来！"

　　一个小太监将一幅画递给郎世宁。郎世宁打开，竟是自己几年前所画的一幅《香山秀色图》，画中的香山，亭台轩榭，层林叠翠。

　　郎世宁说："陛下，此画是臣所绘。今年夏，水大赈灾，臣曾将几幅画作拿到松竹斋寄卖，其中就有这一幅。可臣不解，这画怎么到了陛下这里，又因何惹得陛下震怒？"

　　雍正帝说："郎世宁，你再仔细看看。这幅画是你赠予一个叫钟山的人的。让朕气恼的倒不是因为这幅画作，而是这幅画上的那首诗。"

"诗？"郎世宁拿起画，细看，上面果然题有一首诗，诗曰："偶将笔墨落人间，绮丽亭台乱后删。花草吴宫皆不问，独余残沉写钟山。"下有两款，一款：海西派郎世宁恭赠；另一款：恭录六奇之诗，钟山手书。

"陛下，此画确是臣手笔，但这题诗却不是臣所作，臣从未认识过一个叫钟山的人，更无赠画一事。臣也不知道六奇是何许人，更不解其诗之意。请陛下明鉴！"郎世宁脸上沁出了汗珠。

"那朕就说与你听听！"雍正帝的口气似乎比刚才舒缓了："这首诗的大意是，迫不得已，只好寄兴于自然，属意于笔墨。明眼人一看就知道，这是对我大清不满啊！写诗的六奇，是我朝初建时有名的四画僧中的渐江！他俗姓江，名韬，字六奇。出家后，法号弘仁。"

"四画僧？渐江？"郎世宁惊出了一身冷汗。他研究中国书画，这四人是无论如何都绕不开的话题。

郎世宁知道，"清初四画僧"是指活跃于清初画坛的四位出家为僧的画家：渐江、髡残、八大山人、石涛。这四僧皆为明末遗民，因不甘臣服于新朝，志不可遂，便遁入空门，借助诗文书画，抒写身世之感。这四位画僧画风迥异，性格孤僻，而渐江更为特别。

雍正帝说："就是这个渐江，和我大清对抗，与其他三僧一起反清复明。我朝初建之时，推行剃发令，这四人削发为僧，与朝廷对抗。你竟然赠画给逆民，该当何罪？"

　　郎世宁说："陛下，臣还是那句话，画确出自臣之手，但诗却不是臣题的，臣也从未结识过钟山，望陛下明鉴啊！"

　　这时，果郡王说："陛下，臣弟以为，这件事情郎世宁或许并不知情，把如意馆的汤裱褙找来，一验便知。如果题诗是后加上去的，肯定有人利用此画，意欲诬陷郎世宁。"

　　雍正帝看了看果郡王："好，朕就依你。来人，宣汤裱褙！让郎世宁暂且退后。"

　　郎世宁退到一旁的偏殿。少顷，汤裱褙来了。汤裱褙是宫中御用装裱师，凡宫中字画的装裱、修补，大都出自他手，平时和郎世宁关系也不错。他最爱听郎世宁说话，时常被郎世宁风趣幽默的话逗得捧腹大笑。

　　经过一番认真鉴验，汤裱褙说："陛下，一旁的诗是画作画完后很久有人题上去的。"

　　汤裱褙下去，雍正帝唤出郎世宁："郎世宁，朕恕你无罪！朕禁止你们的天主教在华传播，近日，有不少反我大清的逆党密谋复明，朕怀疑，这些逆党中就有被你们煽动的教徒，对你怀疑也在情理之中。不过，以后再有画作，切勿流传于市井，遗患无穷。"

　　郎世宁跪倒谢恩："臣谢过陛下！谢过果郡王！"

　　从乾清宫出来，郎世宁觉得，刚才这一切恍然如梦。都说在中国，伴君如伴虎，这话果然不假。今天，如果没有果郡王解围，汤裱褙艺精实言，纵使他画了十幅百幅让皇帝满意的《百骏图》，他这颗脑袋也要和身子分家了。

但他实在想不通，会有谁想害他。他决定将寄放在松竹斋的画作悉数取回。

郎世宁出了和平门，直奔琉璃厂而来。郎世宁时常到这儿来购买笔墨纸砚，最近又将画在此寄卖，已是这条街上的常客了。

琉璃厂是京都雅游之所，元朝时这里开设过官窑，烧制琉璃瓦。大清建国后，汉族官员多住在宣武门外，而且很多会馆都在附近，官员、赶考的举子常聚集于此。清初一年一度的东安门灯市也迁到这里举行。《都门杂咏》中有竹枝词唱咏："新开厂甸值新春，玩好图书百货陈。裘马翩翩贵公子，往来都是读书人。"

郎世宁正往前走，忽见前面铜锣开道，一队人马押解着三辆囚车缓缓过来。百姓纷纷向囚车里的犯人扔石子、菜叶。郎世宁正在观看，有人在他后背拍了一巴掌。郎世宁细看，竟是松竹斋对面包子铺的伙计。

"洋大人，您还不知道吧？这几个人该死！"

郎世宁这才知道，这三个人都是刑部即将推到菜市口处斩的贪官。他下意识地摸了摸自己的脖颈，为自己刚才捏了把汗。

"洋大人，您脖子怎么了？"包子铺伙计惊愕地打量着他。

"哦，没什么！"郎世宁一笑。

这时，忽然从人群中冲出一个清瘦的中年汉子，将一幅画屏套在最前面那个囚犯的脖子上。郎世宁细看，这幅画屏画着有头无身的饕餮。饕餮是中国神话传说中极为贪食的恶兽，贪吃到连自己的身体都吃光了，所以其形一般都有头无身。在画的旁边，题有一首打油诗："遥想当年清知府，如今十万雪花银。肠肥脑满变粪土，贪心不足做老饕。"

那汉子哈哈大笑，在众人惊异佩服的目光中，消失在人群里，不见了。

囚车过后，郎世宁进松竹斋内取回了字画，忽见人群中挤出一个年轻人，扑通跪在他面前："恩人在上，请受晚生一拜。"

郎世宁想起，这年轻人是他今年夏天在对面烧饼店救下的那个读书人。

郎世宁面露惊喜："你就是张家庄的那个王幼学?"

年轻人连忙点头："正是我，郎大人!"

郎世宁说："王幼学，你怎么还在这里?"

王幼学说："大人，上回您把我救下后，我正要回保定，烧饼店的老掌柜把那个伙计骂了一顿后，又让他找到了我。他知道我会写写画画，就让我在他们铺子门口卖字糊口。"

果然，在烧饼铺前面放着一张桌子，一把椅子，桌子上面是文房四宝。郎世宁走了过去，展开一幅王幼学刚刚写的字，又看了一眼他画的画，说："王幼学，你的字写得不错，画也画得很好啊!"王幼学说："郎大人，我这水平只能勉强糊口。松竹斋的伙计告诉我，您是宫里的供奉画师。我看过您的西洋画，那才叫一个绝呢！"郎世宁说："西洋画和中国画，各有所长，亦各有所短，能巧妙地将它们的长处融合在一起，才是好画儿！"王幼学指了指前面的茶楼，说："郎大人，晚生想请您喝杯茶，顺便给您介绍一个朋友。"

"好吧，那我就恭敬不如从命了！"郎世宁的眼前闪现了一下铃铛的影子。他忽然想起了什么。

王幼学高兴地差点跳起来："郎大人，您先到二楼的雅间等我。我去叫我那位朋友，稍候就到！"王幼学说着，转身离去。

郎世宁来到二楼雅间，要了一壶茶，坐在那儿等候王幼学。来中国这些年，郎世宁已经将自己完完全全地融入了中国这个博大精深的民俗文化的海洋里。他吃惯了中国菜，能和中国人一样熟练地用筷子，也渐渐爱上了饮茶。他觉得茶这东西很神奇，就那么几片叶子飘进壶中，放在煮好的水中，喝入口中就能生津止渴、提神醒脑，实在是天下第一饮品。比起他们西方的咖啡，要实惠便捷得多。

门开了，王幼学领着一个中年汉子走了进来。让郎世宁想不到的是，来人竟是往囚犯身上挂画屏的汉子。未等王幼学介绍，那汉子躬身施礼："兴化人郑燮见过郎大人！"王幼学说："郎大人，这郑燮可是怪才啊！他不但诗做得好，画也画得精妙。"

伙计上茶，三人边饮边聊。郎世宁得知，这位狂放的汉子是江苏兴化的秀才郑燮，字板桥。他此次是专程从家乡赶到京城的琉璃厂卖画儿的。

郎世宁问："郑板桥，我不明白，你为什么往囚犯身上挂画屏呢？那画屏上画的是老饕，还写了一首诗。"

郑燮说："郎大人有所不知，那个人就是我们兴化知府陈化贞，他贪赃枉法，欺男霸女，不知贪了多少民脂民膏！兴化人恨不得噬其肉，食其骨。"郎世宁这才知道原委，佩服起这个清瘦的汉子来。郑燮说："我平生只画兰、竹、石，这次破了例。让大人见笑！"

郎世宁说："郑板桥，能说说，你为何只画兰、竹、石吗？"

郑燮说："郎大人，四时不谢之兰，百节长青之竹，万古不败之石，千秋不变之人，乃晚生毕生所求。"

郎世宁说："郑板桥，我正在学习中国画法，能不能画幅墨宝，让我一饱眼福？"

郑燮说："那晚生就献丑了！"

郎世宁让店伙计拿来文房四宝，郑燮展腕挥毫，很快，一幅《墨竹图》便跃然纸上。上题诗一首："我有胸中十万竿，一时飞作淋漓墨。为凤为龙上九天，染遍云霞看新绿。"

郎世宁细看，但见，郑燮的书法峭劲挺拔、不拘横竖，结字错落疏宕，又如同崎岖嶙峋的岩石，乱亦有道，石坚有棱；诗更寓意深远，豪气万丈。再看那墨竹，多而不乱，少而不疏，错落有致，秀劲绝伦。这幅《墨竹图》，坚韧、挺拔，似有微风拂过。郎世宁想起了吴舆。

"郑板桥,你的墨竹,意透神韵。不知,师从何人?"

郑燮说:"郎大人,晚生并无师承,多得于纸窗粉壁日光月影。日久,便化眼中之竹为胸中之竹,再由胸中之竹化为手中之竹。"

郎世宁说:"很高兴得遇两位,晚饭的时间也快到了,我来做东,请二位。不知二位想吃点什么?"

王幼学看了看郑燮,没说话。

郑燮笑着说:"那晚生就不推辞了。幼学吃什么,与我无关。我只需狗肉一盘,酒一壶,足矣!"

晚饭过后,郎世宁由王幼学送回了家。一向严遵教规的他,这次竟然破例小酌了一杯。这是他来华后第二次饮酒。第一次是和康熙帝。

这顿饭,是郎世宁有生以来吃得最为开心的一次。除了庆祝自己绝处逢生,有幸认识了怪才郑燮外,还有一件最重要的事,已在他心里酝酿多时了。

王幼学走后,郎世宁对铃铛说:"你觉得幼学怎么样?"

铃铛说:"挺好的啊!"

郎世宁这才说:"铃铛啊,你已经成人了,是不是该找个男人成家了?"

铃铛的脸上涌现出两朵桃云,她摆弄着辫梢儿:"我谁也不嫁,就侍候您!"

郎世宁说："这怎么能行呢？姑娘大了就得嫁人。铃铛，算起来，你跟了我十来年了，在你们中国，你这样的年龄，可是大姑娘了，都怨我粗心。我看幼学不错，你们又都是保定府的老乡，我有意给你们牵个线，当一次你们中国的红娘。"

铃铛嗫嚅着说："郎叔叔，我……"

"你没爹没娘，我没儿没女。我拿你当女儿看。不管你乐意不乐意，这事儿就这么定了！"

铃铛正要说话，却见郎世宁响起了鼾声，到嘴边的话又咽了回去。和这位洋叔叔在一起十多年，她还是头一次感受到他的严厉。她的心痉挛了一下。不过，这严厉中却裹挟着一丝温暖和甜蜜。

两行晶莹的泪珠顺着腮边流了下来……

第十九章

≈

婚礼上的风波

这是个晴朗的初春的上午，天空蔚蓝剔透得像块蓝宝石，空气中裹挟着草芽儿的香气，一群带着哨音的鸽子从北京东教堂那高高的尖顶掠过。

教堂内，一对新人的婚礼在人们的祝福声中正在进行。新郎是身穿礼服的王幼学，新娘是披着洁白婚纱的铃铛。

新人的装扮让前来参加婚礼的人们感到新奇，大家都在窃窃私语。最让人感到滑稽的是，身着西式礼服的王幼学身后那条油黑的辫子和刮得光光的前额。现在，最高兴的就是他了，一个因偷吃烧饼差点被撑死的穷秀才，竟然因祸得福，娶了一位花朵般的漂亮姑娘。

去年冬天的一个晚上，见到铃铛的时候，他就被铃铛深深吸引了。这姑娘身材窈窕修长，稳重端庄，平和的眉眼，微微上翘的嘴角透着善良和温柔。以至于接连几天，铃铛的音容一直出现在他的梦境中。每次梦醒后，他都能开心一整天。

他现在的生活有了改善。在家的时候，他已经是个秀才了。只是考了几年，也没中举。家乡闹了水灾，颗粒无收，爹娘又都有病，没办法，他只好来北京投亲。亲戚不知犯了什么事儿，家被查封。他想做点什么，可仅有的那几文盘缠还被抢了去。接连几天水米没沾牙，就偷了烧饼铺子里的一块烧饼。没想到，被伙计发现，非让他吃个够不可。要不是郎世宁出面解救，他非被撑死在那儿不可。

他揣着郎世宁给他的那块银子，正准备离开北京城，却见那个逼他吃烧饼的伙计撵了过来。本以为伙计会接着难为自己，没想到，伙计竟然躬身施礼，向他道歉，并说，他们的老掌柜让他回去在他们铺子前摆摊卖字画。于是，他跟着伙计回去，谢过那位好心的老掌柜，在铺子前摆摊卖文。后来他又结交了到京城来卖画的郑板桥，也没想到，还能再次邂逅郎世宁。更让他想不到的是，郎世宁还将铃铛介绍给他。

那天晚上，郎世宁特别提出，让他送他回去。几天后，郎世宁又找到他，认认真真地跟他谈了一次。他问他成婚了没有，并了解了一番他家里的一些基本状况后，突然对他说："我想把铃铛嫁给你，你同意吗？"他当时有些不敢相信自己的耳朵，疑心自己听错了。郎世宁又说了一遍，他才知道，他刚才说的是什么。梦中的事，没想到竟然成了现实。他激动得一时不知说什么好，就差给郎世宁跪下了。

"郎大人，我现在这条件，您也知道，连块栖身的地儿都没有，只怕委屈了人家姑娘……"

"铃铛是我收养的，名义上是侍候我的丫头，实际是我的养女。我没儿没女，拿她就当自己的亲生闺女。我就是相中了你是个老实的读书人，又是铃铛的老乡。只要你实心对她，这都不是问题。王府井的房子也算独门独院，把东厢房简单收拾一下，就能做你们的新房。另外，我每月有半个月在圆明园绘制画廊，正缺人打下手。我已经跟造办处的人说了，可以让你跟着我一起干。赚下的银钱足可以养家……"

王幼学流着泪说："大人知遇之恩，如同再造爹娘。您放心，我一定会好好对待铃铛的!"

几个月后，过了年，郎世宁就为他们举办了婚礼。事先，郎世宁对王幼学说："我是意大利人，作为父亲，我要在教堂里把我的女儿交到你的手上。你要在主的面前，许下你对爱的承诺。"王幼学说："一切都听您的!"

此刻，看着浑身散发着活力的铃铛即将成为自己的女人，王幼学的心里像抹了层蜜似的。

铃铛满面娇羞地挽着郎世宁的胳膊，向在另一头等候的王幼学走去。她的心情是复杂的。十多年的朝夕相处，她已经深深地爱上了这个将她送到新郎手里的男人。

这是一个有着金子般心灵的好男人，他善良、热情，说话风趣幽默，一次又一次点燃了她那盏随时都可能熄灭的少女的心灯。如果没有他，她不敢想象现在会在哪里。她确信，她和他的相遇，一定是上天的安排。在他的感染下，她也加入了耶稣会。她明明知道，他是来华的天主教传教士，是不能结婚的，可她还是控制不住自己对他的感情。她对他的情感随着年龄的增大在悄悄地发生着变化。由被救时的感恩，到青春的萌动，再到后来想做他的妻子。多少次，她想扑到他的怀里，可都被他理智地拒绝了。现在，她唯一的心愿就是守在他身边，看着他，侍候他。虽然，他的年龄比她的父亲还要大，可这又有什么关系呢？就那么静静地生活在一起，感受着他身上的气息，不也挺好的吗？

没想到，他却让她嫁给眼前在另一端等候她的那个男人，打碎了只有她和他两个人那平静世界里的梦。如果不答应他，时间久了，会不会给他增加什么不好的影响？去年冬天的那个深夜，他送走王幼学后回来跟她说的那番话，接连几天，她都暗自流泪，不敢面对他。他把她当作了女儿。为了他，她也要嫁人。这份奇特的感情，她只能深深地埋藏在心底。

"如果有来世，就让我嫁给身旁的这个男人吧！"她在心里默默祈祷着。

二十多岁的她，走过了数不清的路，可今天这段路，却是最长也最为沉重的。

"铃铛，大喜的日子，流什么泪呢？"他轻声说。

"我是……高兴的！"她拭了一下眼角的泪花。

当郎世宁将她的手递到王幼学的手中时，她流下了眼泪。没有人知道，这个如花似玉的新娘究竟在想什么。大家都以为，新娘流下的是高兴的泪水。

今天，郎世宁请来了罗怀中、马礼逊等数十个传教士，还有姚子昂、郑燮、喜子、德子，先师吴舆的弟子臭子、烧饼铺的老掌柜等一些北京的新老朋友，以及如意馆的十几个学生。郎世宁想让他们根据这个素材创作一幅作品。

这种西式婚礼，对前来参加婚礼的传教士并不陌生，大家似乎听到了久违的乡音。其实，郎世宁请他们来，就是想聚聚，来华多年，大家也难得聚在一起。康熙、雍正两朝，对他们来华传教的政策没有丝毫的改变，大家在一起可以探讨一下如何说服朝廷，将耶稣的教义传播开来。否则，他们就会有辱教会赋予他们的神圣使命。

郑燮、喜子和德子，对这种西式婚礼很好奇。郎世宁让他们耐心等待，西式婚礼过后，接下来，会按照中国的习俗来办。

教堂的那位葡萄牙主教被郎世宁请来为王幼学和铃铛主持婚礼。铃铛挽着郎世宁来到圣坛前。主教从郎世宁手中接过铃铛的右手，放在王幼学的手里，用生硬的汉语说："我代表主向你们表示祝福！接下来，请你们跟着我朗诵结婚誓词。"

主教看了看王幼学，说道："王幼学先生，你愿意承认并接纳铃铛小姐做你的妻子吗？"

王幼学说："我愿意！"

主教又问："王幼学先生，你当以温柔耐心来照顾你的妻子，敬爱她，唯独与她居住。要尊重她的家族为你的家族，尽你做丈夫的本分到终生，不再和其他人发生感情，并且对他保持贞洁吗？请你在众人面前许诺，愿意这样吗？"

王幼学点点头："我愿意承认并接纳铃铛做我的妻子，和她生活在一起。无论在什么环境，都愿意终生养她、爱惜她、安慰她、尊重她、保护她。不和其他人发生感情。"

主教又将脸转向铃铛："铃铛小姐，你愿意承认王幼学为你的丈夫吗？"

铃铛说："我……愿意。"

主教问铃铛："你当以温柔端庄，来顺服这个人，敬爱他、帮助他，唯独与他居住。要尊重他的家族为本身的家族，尽力孝顺，尽你做妻子的本分到终生，并且对他保持贞洁吗？请你在众人面前许诺，愿意这样吗？"

铃铛咬了咬嘴唇："我愿意。我愿意到了合适的年龄嫁给他，承认并接纳他做我的丈夫，和他生活在一起。"

主教说："请新郎新娘交换信物。"

一个教士托着一本《圣经》缓缓走上台来，在《圣经》上，放着两枚结婚戒指。王幼学将两枚婚戒中的一枚，戴在铃铛的无名指上，而铃铛也将另一枚戒指戴在他的无名指上。

主教祈祷完毕，新婚夫妇到祈祷室签署登记簿。最后，铃铛挽着王幼学的右臂缓缓走出教堂，亲友们向他们洒米粒和彩纸屑表示祝福。

郎世宁说："各位亲朋挚友，今天，感谢大家参加铃铛和王幼学的婚礼。接下来，进行的是中式婚礼，我在家中备了喜宴，欢迎大家到家中为这对新人执酒祝福。"

德子、臭子带头欢呼。

这时，喜子从教堂外急忙跑了进来："舅舅，不好了，当兵的将教堂围起来了！"

众人面面相觑，一个军官带着几十个手持刀枪的士兵闯了进来。郎世宁认识，那军官是巡捕五营多罗的手下——那个套马能手额尔登布。

郎世宁走过去："额尔登布将军，什么风把您吹到这儿来了？"

额尔登布用眼睛扫了一下郎世宁："郎画师，有人举报，你在此聚众宣传邪教，来人，把他们都给我带走！"

郎世宁说："天主教拯救人罪恶的灵魂，怎么能说是邪教呢？再说，皇帝陛下是同意我们西方教徒在此活动的。"

额尔登布说："可你们现在并不是从事你们的宗教活动，是在举行婚礼。"

郎世宁说："额尔登布将军，我为我的女儿在这里，按照我们西方的仪式举行婚礼，请来亲朋好友，为这对新人祝福，有什么不妥吗？"

额尔登布说："你一个西洋教士，哪来的女儿？来人，把他们给我带走！"

"我就是他的女儿！"

在众人惊疑的目光中，铃铛走了过来，挽住了郎世宁的胳膊："他就是我爹！你们要带走我爹，我……我现在就一头撞死在这里！"

铃铛说着，就要撞向教堂里的一根廊柱，但被众人紧紧拉住。

这时，人群中，一个风度翩翩的少年走到了额尔登布面前："额尔登布，本王在此，你要干什么?!"

"臣不知宝亲王在此！"额尔登布跪下磕头。

"起来吧！这儿没有什么聚众宣传邪教之事，郎画师所说句句属实，带上你的人，退了吧！"

"是，殿下！"额尔登布说："今天算是便宜了你们，再有此类聚会，就别怪我不客气了！"

说着，带人走了。

原来，少年正是宝亲王弘历。今天，他也随同如意馆的同窗一道，参加老师为女儿举办的西式婚礼。

"多谢殿下！"郎世宁说。

"老师受惊了！"弘历说。

"让大家受惊了！走，去我家喝喜酒吧！"郎世宁看了看铃铛，"谢谢你，铃铛！"

铃铛改了口，说："爹，女儿就是拼了命，也不会让他们得逞！"

郎世宁家的院子里早就按中国的风俗摆好了酒席。郎世宁安排亲朋好友团团围坐，在喝酒庆祝的同时，他给如意馆的学生们也安排了一课——画新娘。

这种别开生面的授课方式让学生们为之一振。画具早就事先准备好了，包括郎世宁在内，大家都纷纷拿起笔，画端坐在喜床上的新娘。此时的铃铛，穿一身大红袄，红绸绣鞋。太阳光从窗外照射进来，给铃铛红色的衣裙和被褥染上了一层金黄。

为铃铛画幅红色衣袄的新娘像是郎世宁早有的心愿。从喜子娶妻那天起，他就萌生了这个想法。此时，屋外喝酒，屋内画画，一动一静，倒也别开生面。

几天后，画成，郎世宁觉得，这幅命名为《喜床》的画作，是他画得最好的肖像之一。学生们也都画得不错，郎世宁看后挺满意。

这天，张公公来了。

出乎郎世宁意料的是，张公公说："郎世宁，皇上听说你给你的养女举办了婚礼，还给她画了幅画，让咱家过来，拿过去欣赏欣赏。这是皇上赏给新婚夫妇的贺礼。"

张公公摆手，一旁的小太监将两匹绸缎递过来。

郎世宁接过，放在一旁，跪倒谢恩："臣代二位新人谢过陛下！"

张公公拿着《喜床》画作走后，郎世宁百思不得其解，皇帝怎么知道他画了这幅画呢？

第二十章

〜

智数御瓦

花开花落，雁去燕来。转眼，到了雍正十三年（1735 年）十月。

这天，郎世宁和王幼学正在圆明园内绘制通景画（壁画），二人一边画，一边说话。这几年，经郎世宁的悉心指点，王幼学的画技大增，完全可以独当一面了。

昨天下午，雍正帝过来，称赞郎世宁的绘画水平越来越娴熟，同时又指出远处的亭台层次太近。他正在和王幼学加以改进。

几天前，铃铛为王幼学生下了一个女儿。郎世宁和王幼学商量着如何给孩子办满月酒呢，突然，数不清的士兵突然冲进了园内，全园戒严，外边的任何人不得进入园中，里面的人也不准出去。

发生了什么事？郎世宁向一个他熟悉的小太监打探，小太监满脸讳莫如深的样子。然而，几天后，传出的消息让郎世宁目瞪口呆——雍正帝在农历八月己丑日（10月8日）驾崩于离此不远的九州清晏殿！按时间来推算，雍正帝驾崩的前一天下午，还在对他绘制的廊画指出不足呢。当时，雍正帝红光满面，谈笑风生，怎么突然间就驾崩了呢？听到这个消息，郎世宁惊愕在那里，半晌说不出话来。这个年纪比他大十岁的皇帝，对他蛮不错的。他掐指算了算，这位君王在位十三年，享年五十七岁。

虽然，他只是个来自外藩的传教士，可雍正帝却给他一个从五品的宫廷供奉画师的身份，并让他开馆授徒，传授西洋画法。这份隆恩，也足够荣耀的了。虽然他禁止教士们在华传教，可那是出于对国家整体利益的考虑和闭关锁国政策所致。这些年来，这位皇帝的所作所为，他都看在眼里，平定罗卜藏丹津叛乱，推行改土归流、火耗归公等改革，设立军机处，这些都说明他是个有为的君王。比起先皇康熙帝来，有过之而无不及。当听到雍正帝驾崩的消息，正在画画的他，手中的画笔掉到了地上。

关于雍正帝驾崩的说法，众说纷纭。可这丝毫没有影响到郎世宁对他的尊重。他一次次在心里祷告，让主保佑大清国在这个危机时刻能平安度过，能让一位开明的君主继承皇位。纵观中国的历史，每一次的皇位交替，无不充满着血腥和杀戮。纵有骨肉亲情，也难得保全性命，苟活人世也成奢望。新皇帝往往是踏着脚下数不清的尸体和河流般的鲜血走向这至高无上的宝座的。

　　不久，宝亲王弘历继位，第二年，改年号为乾隆，郎世宁这才长长出了一口气。从绘画的角度上讲，他也是乾隆帝的老师。虽然，皇帝的老师是老臣朱轼。可从他还是十几岁的孩童，到后来的宝亲王，乾隆帝没少听他的课，且是最出色的学生之一。多年前，郎世宁为铃铛在教堂内举办西式婚礼，当年还是宝亲王的乾隆帝出面保全了他。这些年来，每次见面，他都称他一声老师的。

　　其实，弘历之所以能平平安安继位，先皇雍正帝功不可没。这是雍正帝的另一大功绩和创造——密立皇储。

　　鉴于先皇康熙帝在预立太子问题上的失败，雍正帝于元年（1703 年）八月宣布秘密立储法——将他的继承人弘历的名字写好，并御笔《夏日泛舟诗轴》放入匣中，置于乾清宫"正大光明"匾后，待驾崩后可从匣中取出宣读。又以密旨藏于内府，以备核对。另外，因他在圆明园居住时间较多，又有一份相同内容的传位密诏置于圆明园内。但他只告诉了重臣张廷玉和鄂尔泰。这个方法有两大好处，一来，避免了皇子争权而引起的激烈斗争；二来，储君的名字不公布，又不至于分削他的权利。

　　雍正帝共有八个妃子，十个儿子，长到成年的有五个：弘时、弘历、弘昼、弘书、弘瞻。可是，藏在这个神秘匣子里的储君究竟是谁，除了雍正帝和近臣张廷玉、鄂尔泰外，只有天才知道。他驾崩后，人们才从密匣的遗诏中得知，储君是年龄二十五岁的宝亲王弘历。他是雍正帝的第四子，是雍正初年被封为熹妃、八年晋封为贵妃、薨后谥号为孝圣宪皇后的钮祜禄氏所生。

郎世宁没想到，就是这位皇太后，再一次改变了他的命运。

"岳父，新皇帝会不会对您有什么影响?"

这天，郎世宁正在圆明园内的一段廊壁上画画，王幼学担忧地说。

一朝天子一朝臣，新皇帝继位，朝中许多大臣的职务都有所变动，或被贬，或调离，或升迁。王幼学的担忧也不无道理。

当初，视郎世宁为恩人的王幼学，经过这么多年的相处，早已将郎世宁这个洋恩人当成自己的岳父了。

"郎世宁接旨!"身后有人高声喊道。

郎世宁和王幼学回过身来。郎世宁认得来人，是乾隆帝身边的太监高公公。原来的那位张公公由于年事已高，已颐养天年去了。

郎世宁拉着王幼学一齐跪倒:"臣郎世宁接旨!"

高公公说:"皇上有旨，着郎世宁即刻进宫!"

郎世说:"臣郎世宁接旨!"

郎世宁百思不得其解。自从乾隆帝继位以来，他只见过他两次。这次，皇帝吩咐贴身太监到此下旨，会有什么重要的事情呢? 要知道，圆明园和紫禁城也有几十里路呢! 一个时辰后，郎世宁随同高公公进了紫禁城。不过，他们并没有去皇帝通常执政的乾清宫，而是去了寿康宫。寿康宫是皇太后的居住之地，皇帝下旨，让他到这儿来干什么？

高公公通报过后，郎世宁进了寿康宫。乾隆帝正和皇太后说着话呢！乾隆帝说："汗额娘，您搬到这儿有阵子了吧？住着还习惯吗？"钮祜禄氏说："皇上，只要不让额娘住在慈宁宫，偌大的紫禁城，随便找个地方都可以。"

钮祜禄氏为何这样说？

原来，大清国迁都到北京城后，皇太后都居住在慈宁宫。可是继孝庄之后，皇太后都不喜欢住在慈宁宫。因为孝庄太后长期住在这里，孝庄皇后死后，有宫女说，慈宁宫内有孝庄太后的鬼魂，之后的皇太后都觉得压不住。于是，康熙帝才修建了寿康宫。

这位皇太后出身名门，满洲镶黄旗人，父亲是四品典仪官、加封一等承恩公的凌柱。她与康熙朝四大辅臣遏必隆是一个曾祖父——大清王朝的清初开国五大臣之一、后金第一将巴图鲁额亦都，也是多罗将军的姑母。其实，这位皇太后是汉人，本姓钱，可为了乾隆的储位，雍正帝只好重新给她找了一个强悍的娘家。否则，作为一个来自昭仁皇后家族的女子，怎么会在王府当了二十多年的侍妾？只不过，这段历史鲜为人知。母由子而贵，所有的一切，都因为她生了个出类拔萃的男孩。康熙五十年生弘历，雍正元年封为熹妃，雍正八年封为熹贵妃。实际上，雍正帝最喜欢的人是年贵妃，怎奈年贵妃早逝。但她给雍正帝生下被秘密立储的太子弘历，其地位可想而知。一些大事，雍正帝没少讨她的主意。雍正帝的驾崩，给她的打击不小。

早上，钮祜禄氏照镜子，发现自己似乎又憔悴了，心境就大为不好。实际上，这位皇太后才四十三岁。她想起了刚刚下葬不久的雍正帝，也想起了他平时最为宠爱的年贵妃。她记得很清楚，年贵妃死后，很长一段时间里，雍正帝心情很坏，时常拿起年贵妃生前的一幅肖像画默默出神。她突然想，何不趁自己尚且年轻，效仿一下当年的年贵妃，请洋画师郎世宁为自己画幅肖像画呢？早膳后，乾隆帝来请安，她就把这个想法说了。乾隆说："汗额娘放心，儿臣现在就召郎世宁进宫。"

郎世宁见过乾隆帝和太后钮祜禄氏。乾隆帝说："郎世宁，朕召你来，是想让你给太后画幅像。"郎世宁说："臣遵旨。"钮祜禄氏说："郎世宁，你怎么现在才来？"郎世宁忙说："臣在圆明园，领旨后就赶来了。"钮祜禄氏点了点头："怪不得！皇帝，郎世宁怎么到圆明园去了？"乾隆帝说："回母后，是汗阿玛在世时，让郎世宁过去绘制通景画的。"钮祜禄氏说："你汗阿玛也是，让郎世宁当个画工，岂不是大材小用？"乾隆帝说："母后，汗阿玛在世时，郎世宁是宫廷供奉画师。"

钮祜禄氏不止一次见过郎世宁的画作，也在皇宫里见过这个洋教士，除了欣赏他的才艺，更多的还有一丝怜悯。雍正帝高兴的时候，跟她讲过郎世宁传教之事。她觉得郎世宁为了传教，能远涉重洋来到中国，没有一颗大爱之心和坚强的毅力，是办不到的。再说，这些传教士，为大清国立下了多少功劳啊！

几天后，当郎世宁把画作呈上来之后，钮祜禄氏高兴得合不拢嘴，一个劲地夸郎世宁画得好。画像中的她，端庄大方的容貌，善解人意的神韵；两肩自然下垂，两耳饰有珠宝，线条韵泽，轮廓自然。就连身着的红锦缎团龙绣袍服中的龙纹和祥云图案，也搭配得当，色彩鲜明。

这幅画，郎世宁颇费了一番心思。首先，他采用视学法，人物脸部描绘以"退晕法"技法，用油彩层层晕染体现出人物面部的立体感，然后，运用光、色把人物的面部、鼻子、眼睛、嘴唇的凹凸起伏表现出来，看不出有一丝线条勾勒的痕迹，似一束柔润的光线迎面照过，使人像在背景中显得格外突出，而没有西法的明暗表现。画的基底为纸本，使用西洋的绘画颜料，背景处敷色打底，不余空白，色彩厚重，符合中国宫廷皇家的欣赏习惯。

钮祜禄氏让郎世宁画像的事儿，像刮了阵风似的，在后宫传开了。一日，在后宫的花园里，妃子们趁着乾隆帝高兴，一致提出，让郎世宁也为她们画像。

"朕亦正有此意！不过，只能画十二个人，加上朕，一共十三人。"

众妃们没想到乾隆帝会这样顺利地答应了她们的要求。她们互相数了数，恰好十二个人，都高兴得跳了起来。

"来人，宣郎世宁进殿！"乾隆帝今天的心情大好。

少顷，郎世宁来到后宫花园。乾隆帝说："朕宣你进宫，是想让你为朕和爱妃们在一起画幅画。"

"臣遵旨！"郎世宁说。

他看了一眼嫔妃们，很快就低下头来。这一切，被细心的乾隆帝看在眼里。

乾隆帝说："朕的嫔妃们都在这里，加上朕，一共十三人。朕问你，朕为何要你画十二个嫔妃？"

郎世宁想了想，说："回陛下，臣以为，帝、后象征乾、坤，一帝、十二后妃象征着一日十二月。帝后十三人，祥和喜乐、位序井然，意味着宇宙和谐、乾坤并济。不知臣回答得对不对？"

乾隆帝大笑："郎世宁，你的回答正合朕意。从明日起，着手画这幅画，画的题目朕都想好了，就叫《心写治平》吧！郎世宁，那朕问你，何谓'心写治平'？"

郎世宁想了想，说："陛下的意思是齐家、治国、平天下。"

乾隆帝点头："算你答对了！郎世宁，朕令你先将你认为最美丽的一位画出来。"

郎世宁答道："天子的妃嫔个个都美。"

乾隆帝笑了，没说什么。第二天，郎世宁凭着记忆正在画这幅画，乾隆帝来了。

让郎世宁没想到的是，乾隆帝这样问他："郎世宁，昨天的几位嫔妃，你选中了谁啊?"

"臣没看她们，当时正在数宫殿上的琉璃瓦。"

"瓦有多少块?"

"回陛下，三十块。"

乾隆帝回头，命身边的小太监："快，去数数!"

很快，小太监回来了："回皇上，不多不少，正好三十块!"

乾隆帝哈哈大笑："郎世宁，朕现封你为御前画师，正五品，可以出入三宫!"

"臣郎世宁谢陛下!"郎世宁匍匐谢恩。

御用画师，比之前的宫廷供奉画师的身份和职务又高了一级，再加上可以出入三宫，对郎世宁一个外藩的传教士来说，也算是荣耀到了极点。

能够随意出入三宫的，只有太监和那些位高权重的大臣。其实，乾隆帝让郎世宁出入三宫，是考虑他是个教士。天主教的教士是不允许结婚的，在乾隆帝的眼里，郎世宁是没有性别的。

就这样，郎世宁虽然只是个画师，但凭着睿智的头脑和赤诚之心，在皇宫内如鱼得水，深得乾隆帝的赏识。

第二十一章

≈

险陷迷局

　　刚下了场透雨，北京的大街小巷就热闹起来了。郎世宁和王幼学兴高采烈地走在大栅栏的街头。今天，是郎世宁的休息日，刚刚，他们从梳子巷的梁满仓家出来，帮着郑燮了却了一份心愿。昨天，松竹斋的小伙计找到郎世宁，说郑燮的那幅画卖了个好价钱。一大早，顾不得天上落雨，郎世宁就和王幼学赶到了松竹斋。

　　三年前，也就是乾隆元年，郑燮在北京参加礼部会试，中贡士。五月，于太和殿前丹墀参加殿试，中二甲第八十八名进士。郑燮特作《秋葵石笋图》并题诗曰："我亦终葵称进士，相随丹桂状元郎"，喜悦之情溢于言表。刚刚卖出的就是这幅《秋葵石笋图》。郑燮虽然中了进士，朝廷却并未安排任用，滞留北京一年左右，南归扬州。临行前，郑燮托郎世宁将这幅画寄至松竹斋外卖，换得银钱，给那个欣赏他人品和书画的好心肠的房东梁满仓。梁满仓的夫人身患重病，无钱医治，梁满仓却从未张嘴要过郑燮半分钱。所以，郑燮特意把这件事委托给了郎世宁。

从梁家出来，雨住了。师徒俩商量着，要去大栅栏逛逛，顺便给铃铛和两个孩子买点东西回去。自从铃铛嫁给了王幼学，郎世宁和主教打好招呼，就搬到王府井天主东堂去住了。利用空闲时间，郎世宁画了许多幅耶稣的像。在这里，他可以每天做弥撒，和主教一起布道。朝廷虽然仍禁止他们发展中国人入教，但却允许他们西洋人在此礼拜、祷告。

郎世宁在和一个摊主讨价还价。他五十一岁，已经成了一个地地道道的北京人了。有人在身后说道："郎先生，久违了！"这声音听起来很熟，又很遥远，郎世宁转过身，看到一个穿着白色马褂，戴蓝色瓜皮帽、长着八字须的中年人正冲他笑呢！

"寿公子！"郎世宁惊讶半晌，大声说道。

二人觉得行礼不够亲昵，又互相捶了捶胸。一旁的王幼学看得呆了。

郎世宁忙介绍说："寿公子，这是我的女婿王幼学，也是个画师。"

寿山满面惊讶："郎先生，您的女婿……"

郎世宁说："是我养女的女婿。"

寿山越发不解："你的洋女婿？"

　　郎世宁简单地跟寿山叙说了收养铃铛，及将铃铛嫁给王幼学的事。寿山这才恍然大悟："郎先生，我现在就请你们爷俩喝酒去！一是为了庆祝你在我们大清国不但落地生根，还开花结果，有了女儿、女婿；二是庆祝咱们再次重逢。"

　　郎世宁说："寿公子，你知道我不喝酒，咱们喝茶，好吗？"

　　前两次喝过酒后，郎世宁好长一段时间缓不过劲儿来。

　　寿山说："喝茶就喝茶！"

　　于是，三人找到一家茶楼，点了一壶碧螺春，喝茶说话。

　　寿山说："郎先生，分别不久，我阿玛因为吕留良一案被牵扯进去，举家被发配到宁古塔。"

　　对吕留良，郎世宁做过一些研究。吕留良是明末清初杰出的学者和诗人，其生来身傲骨，视金钱和仕途如粪土，散尽家财结客，想要反清复明。康熙年间，吕留良拒绝应试，被革除功名，遂出家为僧，这震惊了当时的朝野。吕留良遗世的著作、日记和书信当中，常有"谤议及于皇考"的言论。吕留良过世后，他的学生曾静崇奉老师的民族气节，将他的著作和言论广为传播，被告发下狱。吕留良死后四十九年，即清雍正十年（1732年），被钦定为"大逆"罪名，惨遭开棺戮尸枭首之刑，所有著作被付之一炬，其子孙、亲朋、弟子广受株连，无一幸免。其中主要的参与者被处死，众多亲朋好友被发配到各地，吕氏孙辈则被发遣到宁古塔（今黑龙江省牡丹江市一带）。当时，这件事震动朝野。

郎世宁听后一愣。怪不得寿山匿迹多年，原来是随家发配了。

寿山流泪说："郎先生，我阿玛根本不认识吕留良这个人，当初是有人诬陷他。一年前，朝廷才发现当初的案子搞错了，皇上这才下旨，让我们举家回京。圣恩浩荡，可阿玛却死在宁古塔多年了……"

寿山说："郎先生，朝廷对基督耶稣是严令禁止的。据说，福建巡抚周学键拿获了几名传教的神父，并先后把他们处死了。接着，两名天主教教士被绞死在苏州，多名传教士在赴陕西传教途中被捕。"

郎世宁说："寿公子，这只是一时的。"

寿山越说越激动，郎世宁在一边安慰。

在离他们不远处的一张桌子上，一个人向伙计要了壶茶，独自品尝起来。郎世宁看了看他，他冲着郎世宁笑了笑，然后，将脸扭到了一边……

已经是子夜了，乾隆帝仍在批阅奏折。转眼，他已经当了四年的皇帝了。这些年，他勤于政事，励精图治，不敢有丝毫懈怠。

忽然，在一个奏折上，一行字惊呆了乾隆帝。奏折上书：西洋人郎世宁东堂秘密集会，宣传邪教，意欲谋反。

对郎世宁，乾隆帝最了解不过了，这个不笑不说话、处处谨小慎微的洋老头，怎么会聚众谋反呢？惊诧之余，他又不由得细细思量，要知道，这封奏折可是由"粘杆卫士"周通刚刚通过秘道递到他的桌案上的。

"粘杆处"是先皇雍正帝胤禛创立的一个私人特务情报机关。雍正帝还是皇子时，住在位于北京城东北新桥附近的府邸，内院长有一些高大的树木，每逢盛夏初秋，繁茂枝叶中有鸣蝉聒噪，喜静畏暑的胤禛便命门客家丁操杆捕蝉。康熙四十八年，胤禛从"多罗贝勒"晋升为"和硕雍亲王"，当时，康熙帝众多皇子间的角逐也到了白热化阶段。胤禛表面上与世无争，暗地里却制定纲领，加紧了争储的步伐。他招募江湖武功高手，训练家丁队伍。这支队伍的任务是刺探情报，铲除异己。这就是"粘杆处"的由来。

粘杆处，又称尚虞备用处，是有一定实权的部门。雍正帝驾崩后，乾隆帝并没有把这个机构废除，考虑再三，把它留了下来，借以倾听朝野内外的声音。

"粘杆处"虽属内务府系统，总部却设在雍亲王府。雍正三年，胤禛降旨雍亲王府改为雍和宫，定为"龙潜禁地"。雍和宫虽为皇帝行宫，却秘建一条专供特务人员秘密来往的通道。为了不致秘密外泄，才改府为宫。乾隆帝继位后，为了消除先父留下的遗迹，改雍和宫为喇嘛庙，并将其彻底翻修，将之平毁无痕。

不过，乾隆帝却保留了"粘杆处"在紫禁城内的分部。御花园堆秀山"御景亭"是他们值班观望的岗亭。山下门洞前摆着四条黑漆大板凳，无论白天黑夜，都有四名"粘杆卫士"和四名"粘杆拜唐"坐在上面。当时，先皇雍正帝交办的任务，由值班人员迅速送往雍和宫，再由雍和宫总部发布命令派人办理。雍正帝去世后，乾隆帝继续利用先皇的这一重要发明，控制京内外和外省大臣的活动。这个分部更加隐秘，除了皇帝和粘杆处的人以外，并没人知道。

现在，居然有人通过粘杆处来举报郎世宁，乾隆帝怎能不大吃一惊？难道，郎世宁真的参与了天主教的秘密传播？据奏报，最近，各地的传教活动在地下秘密进行，一些被押解到澳门的传教士在中国信徒的帮助下，也秘密潜回国内。福建、湖北等地也抓获了不少传教士，并处决了多人。襄阳府查出，他们是由中国教徒一站一站护送，才在长途跋涉中躲过官兵的搜查。更让乾隆帝感到惊讶的是，某地官兵在一名中国籍教士身上查获了一份教会颁发的任命书。外国人居然在中国的领土上划分辖区，还任命官员。这还了得？乾隆帝大怒，在奏折上批阅："西洋人面貌奇特，不难认识，他们从广东到湖北，沿途地方官员因何没有发现？为何到襄阳才开始盘获？"难道，这些西洋人是为了勾结内地教众，阴谋造反，对抗朝廷？于是，乾隆帝又谕令迅速严拿各地教士、教民，一并解京，归案办理。为防止外国传教士再混入内地，乾隆帝又下旨严查海口。风口浪尖之上，郎世宁居然敢秘密集会。这时，他又想起一个人——刚刚进京不久的法国传教士王致诚来。

在各地尚未发现教众泛滥之前，有一个叫王致诚的法国传教士被乾隆帝召到了金銮殿上。这个人向乾隆帝献上了《三王来朝耶稣图》的油画，乾隆帝看后很喜欢，令人挂在了南书房内，并允许他每日到宫廷作画。乾隆帝看了几幅王致诚的油画，越看越觉得没中国画好，于是，对他说："王教士，你们西洋的油画因为年代久了就会变得黑乎乎的，模糊不清，朕建议你学习中国画技法。朕也知道，让你放弃自己钟爱多年、技法纯熟的油画，重新学习中国画技法，着实有些为难。"说到这儿，乾隆又指着一旁的郎世宁说："郎画师来华二十五载了，可谓三朝元老，他初来之时，不也是从学习中国画开始的吗？他巧妙地将中西方画法融合在一起，独树一帜，现在，他是朕的御前画师，朕拿他当老师对待。王致诚，朕希望你向他多学习。"

这些海外的传教士，还真让乾隆帝头疼。现有人告郎世宁，也真让乾隆帝为难。随奏折呈上的，还有一封信和一张画。周通告诉乾隆帝，书信是在裱好的画中发现的。昨天，他无意中发现，郎世宁和一个人在喝茶，谈话的内容他没听清楚，但神态非常可疑。从茶馆出来后，他发现，有人在他的褡裢里放了这幅画。他觉得很奇怪，回来后，就在画中发现了这封信。

信是用洋文写的，乾隆帝不认识。画中有两条大鱼和几条小鱼在水里嬉戏，水面有浮萍，开着白色的小花，很有情趣，题款是郎世宁。从画法上来看，是郎世宁无疑。

这个郎世宁，平素里不显山不露水，原来，暗地里在搞大阴谋，竟敢传邪教，威胁我大清的江山。第二天早朝过后，乾隆帝单独将张廷玉留了下来，并将有人告郎世宁的事说了一遍，且拿出了画和书信。

张廷玉说："陛下，这画倒是郎世宁的，不过，这书信因是用洋文书写的，真假难辨。"

"爱卿，朕向你讨个主意，如何办才好？"

"陛下，事情简单不过，找通事翻译一下书信的内容，然后，再叫郎世宁用意大利文把咱们的《诗经》翻译一段，一验笔迹立辨真伪。"

找来通事，通事看罢信，说是意大利文。信是写给川陕教会主教的，大意是让他们发展当地教众，联络当地反清人士，扩大天主教在华的影响。乾隆帝气得直摔杯子。张廷玉说："陛下，这能说明什么呢？还没验过笔迹呢！"乾隆帝忙让内务府的人去找郎世宁，让他用意大利文翻译《诗经》。

很快，译文拿回来了。

张廷玉说："陛下，笔迹虽像，但非出自郎世宁之手。我敢保证，这是有人诬陷郎世宁。"

"那这幅画又是怎么回事？"

"陛下，郎世宁画作甚多，想要嫁祸于他，弄幅他的画还不容易？"

"朕不明白，将画放在周通褡裢里的这个人会是谁呢？又是怎么知道周通身份的呢？"

乾隆帝让张廷玉密查此事。几天后，周通离奇地死在了法国天主教堂不远处的一片树林里。仵作勘验，说周通浑身无伤，是心病突发猝死。

张廷玉说："陛下，此案看似扑朔迷离，不过，微臣似乎发现了一些端倪，再查下去，怕是无益。"

乾隆帝说："爱卿说来听听。"

接着，张廷玉向乾隆帝说出一番话来。乾隆帝连连点头。

第二十二章

≈

生肖兽首

　　看似平静的皇宫大内，实际却暗流涌动，杀机四伏，稍有不慎，就会入人口舌，轻者被圈禁、发配，重则押到菜市口问斩。

　　这样的悲剧时刻在上演着，许多今日还在一起说笑的同僚，第二天就被查办或被问斩了。权力场上的惊涛骇浪，让多少人宦海沉浮。现在，已是乾隆十二年，郎世宁来华已有三十二个年头了。也许是他谨小慎微，也许是他的特殊身份，他在宦海中，只是偶尔被浪花打湿脚，却始终没有出现大的波动。

　　今天一早，乾隆帝刚刚下旨，封郎世宁为掌管皇家园林工作的奉宸苑卿，并让王致诚做他的助手，和他一起参与圆明园长春园欧氏风格建筑物的总体设计与施工。他的官阶也由原来的正五品，连升两级，一跃到了正三品。连升两级，在大清国的历史上，是极为罕见的，更何况，是他这个外来的传教士——一个宫廷画师。

郎世宁并不知道，如果没有乾隆帝对他的信任，也许早在八年前被人诬陷时，他就被朝廷问罪了。

郎世宁出了紫禁城，直奔去罗怀中的私人诊所，他要把这个令人振奋的消息告诉这个老朋友。罗怀中最初服务于宫廷，王公大臣敬重、信服他的为人与医术，只要有病就会马上就请他来府上诊治。病好后，大家都会送钱送物给他，但差不多都被他婉拒了。这些年，罗怀中除了在宫内行走外，又在南堂附近开设了一家私人诊所，为平民百姓治病，在施医赠药之余，私下里向他的病人传播天主教的一些教义。

现在，如果罗怀中知道了皇帝让郎世宁担任掌管皇家园林工作的奉宸苑卿一职，不知会有多高兴呢！越得皇帝信任，他们的机会就越多。

郎世宁的马车刚刚转过街口，就见一个中年汉子跑了过来。郎世宁认得，他是罗怀中的仆从祥子——罗怀中当年救活的一个在诊所外病晕过去的流浪汉。

"祥子！"郎世宁将头探出车窗。

"郎大人，我正要过去找您呢！"祥子跑了过来，落下眼泪，"罗大人刚刚过世了！"

郎世宁惊呆了，他都不知道自己是怎么下的车，双腿是怎么迈进罗怀中的卧室的。

去年冬天，罗怀中在为人治病的时候感染了疾病，郎世宁也来看过几次，每次，罗怀中都是谈笑风生的。没想到，他竟然这么快就离去了。这个老朋友比郎世宁年长九岁，对郎世宁的经历，怕是没有谁比他更加熟悉了。从今往后，郎世宁心内的烦恼还能找谁来倾诉呢？站在老朋友的床榻前，郎世宁默默无语。前些年，他送走了杜德美，现在，他又站在了罗怀中的遗体前。可惜的是，他连临终涂油礼都没来得及给罗怀中做，罗怀中就离世了。

祥子递上了一个账簿："郎大人，这是罗大人多年来的收支账目，您看看吧！临终前，他特别嘱咐我，将他历年行医所得的收入补充诊所的日常支出。"

泪水再次涌出郎世宁的眼眶。杜德美走了，罗怀中走了，戴维德走了。同坐一船来到中国的传教士，现在，只有他一人了。

落日的余晖撒在永定河上，将半边的河水映成了红色。安葬完罗怀中后，郎世宁站在河边，望着远处出神。

罗怀中辞世，乾隆帝特赐葬银二百两，很多得到他诊治的人都前来送葬。罗怀中这一生，饱受磨难，去世时也算极尽哀荣。由罗怀中，他又想到了自己。十九岁那年，他离开家乡，到现在已经整整四十年了。当年那个意气风发的他，如今，已经是年近花甲的老人了。

现在，他的学生们都已经是朝廷里举足轻重的画家了。乾隆帝对郎世宁的待遇一直很高，有时，在一些场合，还当着大家说是他的学生。乾隆六年，皇帝确定了十几名供奉宫廷画家的等次，这其中有五个人是他的学生。时下，和他一起并称为"四洋画家"的——法国来的王致诚、波西米亚的艾启蒙和德国的安德义，在他的悉心指导下，都能将中国画和西洋画技法融合得恰到好处，相得益彰。现在，他们也都是宫廷供奉画师了。

现在，皇帝又对郎世宁委以重任，这再次让他感恩涕零，他只能全身心投入，才能对得起皇帝的圣恩。

"老师，我一想您就在这里。"

郎世宁回身，看到王致诚走了过来。

郎世宁说："教堂里闷得慌，我出来走走。"

二人一边欣赏河边的景色，一边说话。郎世宁说："致诚啊，我没记错的话，你来华那年是乾隆三年。"

"老师记得比我还清楚。"王致诚说。

初来大清时，王致诚和郎世宁的关系并不友好。乾隆帝让郎世宁教王致诚中国画法，王致诚不以为然，甚至向郎世宁发着牢骚："我是西洋画家，是磨炼已成的画家，不是到中国来学画的人！"郎世宁就说："我当年来华时，和你现在的状况几乎是一样的。但是，你不要忘了，这只是我们传播基督耶稣的一种有效的手段。在中国，皇权是至高无上的。只有让皇帝满意，我们才能一步步达到我们的目的。"正是在郎世宁的循循诱导下，王致诚的态度才慢慢有所改变，心甘情愿做起了郎世宁的学生。

郎世宁说："明天，我们就要去圆明园了。你还没去过那儿吧?"

王致诚点了点头:"我听说,圆明园是人间天堂、万园之园,能和老师在那儿为皇帝陛下工作,是我的荣幸。皇帝陛下对我们如此器重,如果再让我们去传教,就更好了。"

郎世宁说:"皇帝有他的考虑。皇帝现在虽然仍称基督教为禁教,但似乎并不严厉。他处理传教士采取的宽严相济的态度,就说明了这一点。"

王致诚说:"老师,我正计划撰写一本《中国画论》,到时候想请老师指点一下。"

不知为什么,郎世宁觉得,近几年来王致诚对他的态度不同于以往,似乎有什么话要对他说。

郎世宁说:"把中国画技法写成书,足以说明你已经领会到了中国画技法的真谛。无论是对法兰西,还是对大清国,这都是一件天大的好事。明天,我还要给你介绍一位和你在同一块土地上长大的有为青年。"

王致诚说:"太好了!老师,能告诉我,他是谁吗?"

郎世宁说:"他叫伯努瓦·米歇尔,中文名字叫蒋友仁。我们也是刚刚认识不久。"

第二天一早,郎世宁带着王幼学、王致诚及蒋友仁赶到了圆明园。蒋友仁比王致诚小十三岁,还是个充满活力的年轻人。也是郎世宁将他推荐给皇帝的。

蒋友仁,字德翊,原名伯努瓦·米歇尔。1737年,十八岁的蒋友仁从巴黎的圣叙尔皮斯神学院毕业，获得副祭职，随即赴南锡初修院，主修数学、天文学及物理学。几年后，蒋友仁提前毕业，被授予司铎职。其后三年，他不顾各方面的阻挠，积极申请到中国传教，终获批准。他精通天文、地理和历法诸学，于乾隆九年抵达澳门，经钦天监监正戴进贤神父的推荐奉诏进京，又通过戴进贤和郎世宁结识。

这次，郎世宁奉命修造圆明园属园——长春园"西洋楼"建筑群，他力荐了蒋友仁，并让蒋友仁主要负责其中人工喷泉的设计及施工指导。见到王致诚，蒋友仁就主动过来打招呼，并和王致诚相拥。

对圆明园，郎世宁并不陌生。雍正帝时，他就在此绘制画廊，直到乾隆初年，才全身回到如意馆。现在，他看到那些昔日的画廊，虽然经过多年的风雨侵蚀，但历久弥新，心里倏然涌起一丝暖意。这里，倾注了他太多的心血和才情。现在，乾隆帝又让他在长春园开拓一片欧氏园林，建造几组西洋宫殿，他觉得肩上的担子更为沉重了。好在有王致诚和蒋友仁相助，他的心里才稍稍有点把握。

建造西洋宫殿和欧氏园林，是乾隆帝个人的想法。乾隆帝是个风趣好学的人，他曾不止一次向他问询欧洲的风情。几年前，郎世宁给乾隆帝看了几幅诸如米兰大教堂、比萨斜塔和阿尔卑斯山的原始森林之类的欧洲风情的油画，令乾隆帝赞叹不已。没想到，乾隆帝竟然让郎世宁在圆明园内也建造欧氏风格的宫殿。授命的时候，乾隆帝说："朕不能到西方去走走，甚憾，那朕就建几座欧洲的建筑和园林，来感受感受，如同朕去过一样。"

郎世宁对乾隆帝除了尊重外，更多的是钦佩。乾隆帝才华横溢，博学多识，具有诗人气质。几乎圆明园的每块匾额都是他书写并题诗的。他还继承了先祖们终生征战锻炼出来的良好身体素质和勇武精神，乾隆十年，乾隆帝御驾亲征，西部用兵，拓土二万里。受命于这样一个皇帝，除了荣幸之外，更多的则是压力。郎世宁他们除了夜以继日的工作，还在如何在构造上出新绞尽了脑汁。

不过，让郎世宁有些头疼的是，王致诚和蒋友仁都自命不凡，觉得自己比对方高出一头，还时常为一点小问题吵得面红耳赤。好在有他在中间调和，工程才得以进行下去。时间久了，有时候他们将他也不放在眼里，但他并不多说什么。在他看来，只有劲往一处使，保持一团和气，才能使工程顺利竣工。

四年后，也就是乾隆十六年秋季，西洋楼的第一阶段工程——谐奇趣竣工。这是圆明园内的第一座欧式水法（喷泉）大殿。主楼三层，顶层三间，一、二层皆七间，楼前左右九间弧形游廊连着两层八角楼厅。楼南为大型海棠式喷水池，池内设有铜羊、铜鸭和西洋翻尾石鱼等组成的喷泉。楼北也有一座小型菊花式喷泉池。喷泉的供水楼在谐奇趣西北，称作蓄水楼。用骡子拉水车，提水至楼上蓄水池，再以铜管下注至各喷泉机关。

这天午后，在这建造好的谐奇趣楼内，蒋友仁和王致诚又斗上了嘴。

蒋友仁说："要不是我画的图纸，宫廷的匠师们再有本事，也造不出谐奇趣来。"

王致诚说："你的图纸再好，要不是我画的效果图，陛下也不会御笔批示。"

郎世宁说："这座西洋楼的建成，大家都有功劳。我知道，你们付出了许多辛劳，等我见到陛下，会为你们请功。"

这时，就听门外有人喊："皇上驾到！"

三人赶忙去迎。

郎世宁说："谐奇趣刚刚竣工，臣正要奏明陛下呢！"

乾隆帝说："朕听说谐奇趣竣工，等不及了，就来看看。"

乾隆帝绕着谐奇趣转了几圈，蒋友仁和王致诚将喷泉打开，乾隆帝赞不绝口。临行前，乾隆帝说："朕果然没看错人，你们都是有才之人。朕希望接下来的海晏堂能更具创意。不过，在海宴堂开工前，朕想考考你们。"王致诚和蒋友仁面面相觑，没有说话，倒是郎世宁说："陛下请讲。"

"王致诚，朕问你，海宴堂是何意？"乾隆帝摇了摇手中的扇子，将目光落在了王致诚身上。

王致诚挠了挠头，额头上沁出汗珠，跪伏于地："回陛下，臣不知。"

　　"你呢?"乾隆帝又看了看一旁的蒋友仁,"朕知道,你入京后埋头学习满文和汉文,又钻研经典,这个你应当知道吧?"

　　蒋友仁想了想,但也答不出来。

　　乾隆帝说:"朕怎么听说,你二人都才高八斗,学富五车,无所不通呢?"

　　王致诚和蒋友仁异口同声:"臣不敢!"

　　这时,就听乾隆帝说:"郎爱卿,还是你来吧!"

　　郎世宁想了想,说:"陛下,臣以为,'海晏'一词取意于唐代诗人郑锡的'河清海晏,时和岁丰'的诗句。臣想,河,就是黄河;晏,就是平静。'河清海晏'也作'海晏河清',意指黄河水流澄清,大海风平浪静。此语用以比喻我大清天下太平,国泰民安。即将开工的海晏堂出于此。陛下,不知臣说得对还是不对。"

　　乾隆帝大笑:"郎爱卿才是真正的中国通呢!你啊,足可以考我们大清国的状元郎了!不知,海宴堂有什么让朕惊喜的创意啊?"

　　"臣还未想好,待臣和王致诚、蒋友仁研究后,再请陛下过目。"郎世宁说。

　　实际上,王致诚和蒋友仁斗嘴,让乾隆帝听到了。他早听说这两人自视过高,甚至不把郎世宁放在眼里。今天,让他撞上了,这才出面为郎世宁撑腰。

郎世宁说："咱们都是大清的子民，怎么能为一点小事伤了和气呢？咱们好好研究海宴堂的设计，拿出好的创意，让陛下御笔签字，咱们好开工。"

几天后，郎世宁、蒋友仁和王致诚一起，将设计方案和效果图递到了乾隆帝的桌案上。让乾隆帝眼前一亮的是，喷泉是十二只人身兽首、以水报时的十二生肖铜像。十二生肖铜像呈八字形排列在圆明园海晏堂前的一个水池两边，场面蔚为大观。

乾隆帝说："郎爱卿，给朕介绍一下你们的创意吧！"

郎世宁说："陛下，海晏堂十二生肖喷泉是按照东方的十二生肖设计的喷泉时钟，这十二生肖代表一天的十二个时辰，每到一个时辰，属于该时辰的生肖钟就会自动喷水。南岸分别为子鼠、寅虎、辰龙、午马、申猴、戌狗；北岸则分别为丑牛、卯兔、巳蛇、未羊、酉鸡、亥猪。正午时分，十二生肖铜像会同时涌射。"

乾隆帝说："海宴堂的设计可谓匠心独运，不日即可开工！"

实际上，这份创意是郎世宁独创的。那天，他回天主教堂，在路上见到了喜子，并突然想起了在中国过第一个除夕时，喜子本命年扎红腰带的情形。受这件事的启发，郎世宁设计了十二生肖人身兽首。没想到，第一稿就通过了皇帝的御批。

第二十三章

〰

蝴蝶闻香翩翩舞

　　天像下了火，太阳似乎要把这世间的万物晒化了。圆明园内却蝉鸣阵阵，凉爽怡人。现在，已经是乾隆十九年（1754年）的七月，圆明园内海宴堂的建设已经接近尾声。

　　中午时分，郎世宁和王致诚、蒋友仁一边在凉亭里喝茶解暑，一边讨论着下一步的工程设计。

　　这时，王幼学来了，他手里端了碗面条，上边卧着两个鸡蛋，众人不解。就见王幼学将面条放在石桌上，突然给郎世宁跪下："岳父大人在上，今天是您六十六岁生日，幼学祝您生日快乐，身体健康！"

　　郎世宁这才想起，今天是自己六十六岁的生日。从康熙五十四年（1715年）踏上了澳门那天起，他来华差不多快四十年了。

　　这么多年来，每到他的生日，铃铛都会给他做碗长寿面的。一定是铃铛叮嘱王幼学的。现在，铃铛四十三岁，王幼学也奔五十岁了。在中国，他们就是他最亲近的人。

"谢谢幼学！"郎世宁大口地吃着，"真好吃，你们看，我都忙晕了！"

蒋友仁和王致诚忙说："老师生日快乐！"

不敢想象，自己已经六十六岁了。昨晚，他梦见了妈妈，醒来后惆怅了好半天。如果她仍健在的话，已是九十多岁的老人了。六十六年前的今天，妈妈生下了他。这碗面，应该给妈妈吃的啊！郎世宁想着想着，突然哽咽起来了。怪不得昨夜梦见妈妈，难道妈妈是在向他道别吗？这么多年来，他给家里写过几封长信，但没有收到一封回信。唉！什么时候能回到故乡呢？

"岳父，您怎么哭了？"王幼学问。

郎世宁这才回过神："没什么。"

这时，忽见一位王爷打扮的人走了进来。郎世宁仔细一看，竟是当年在京郊马场套马的巡捕五营的统领多罗。因为先祖是开国功臣额亦都，加之本人的战功，多罗现在已是都统之职，统领京师。

"郎世宁、王致诚接旨！"多罗进前，展开圣旨。

郎世宁、王致诚等人忙跪下接旨。

多罗大声说："传陛下口谕，着郎世宁、王致诚速到承德，即刻动身！"

多罗传罢旨，郎世宁躬身施礼："多罗将军，陛下传我们何事?"多罗摇了摇头:"到地方就知道了!"说罢,急匆匆地走了。

郎世宁和王致诚简单地收拾了一下行装,赶奔承德而去。

两天后,他们赶到了承德,见到了乾隆帝。才知道,厄鲁特蒙古族的杜尔伯特部首领三车凌以及厄鲁特蒙古族的辉特部首领阿睦尔撒纳相继归顺朝廷,乾隆帝异常高兴,特地在避暑山庄举行仪式庆贺,表示欢迎。

乾隆帝说:"郎世宁、王致诚,朕让你们为四位首领和他们的王妃每人画幅像。"

郎世宁和王致诚说:"臣遵旨!"

二人从乾隆帝的住处出来,骑马来到木兰围场。二人看着水草丰美、广袤的草原,不禁心旷神怡。郎世宁对王致诚说,去年的秋天,他曾同皇帝到此狩猎,并奉命根据狩猎的场景,绘制出《木兰图》《哨鹿图》《围猎聚餐图》。

郎世宁说,木兰围场是大清皇帝举行"木兰秋狝"之所。每年秋天,皇帝都要率王公大臣、八旗精兵来这里举行打猎活动。所谓"木兰",本系满语,汉语之意为"哨鹿",亦即捕鹿。由于一般情况下是在每年秋天进行,故又称"秋狝"。通过行围活动,八旗官兵可以既习骑射,又习劳苦,保持传统的骁勇善战和纯朴刻苦的本色,抵御骄奢颓废等恶习的侵蚀,做到安不忘危、常备不懈。

这里林木葱郁,水草茂盛,群兽容易聚以繁殖。围场的范围相当大，东西、南北各相距约三百里。其间根据不同的地形和兽类分布，分为六七十个小型围区，每次行围若干区不等。为了便于进行"木兰秋狝"，从康熙四十一年开始，朝廷在北京至围场的沿途设置了许多行宫，其中最重要的就是避暑山庄。

郎世宁还告诉王致诚，康熙帝之所以每年秋天在木兰围场举行行围活动，并非只是为了狩猎娱乐，而是具有重大的政治、军事意义。这一点，从康熙帝设置木兰围场的时间上也可以看出，当时正是平定漠北蒙古之时。同时，皇帝可以借每年的行围活动，在那里定期接见蒙古各部的王公贵族，以便进一步巩固和发展满蒙关系，加强对漠南、漠北、漠西蒙古三大部的管理，这对于北方边防有着十分重大的意义。木兰围场之所以选定在内蒙古，并不单纯是因为那里地形好、兽类多。避暑山庄从康熙四十二年开始修建，现在初具规模，比圆明园还要大许多。现在，皇帝每年夏季都会到这里避暑并处理朝政，直到秋狝之后才返回北京。

王致诚听得入了迷。

这时，迎面来了几匹马，马上坐着几个彪形大汉。多年的绘画生涯使王致诚的眼睛有些怕光，因为阳光晃眼，他躲闪不及，他的马差点被对方的一匹马撞上。对方两匹马上的汉子跳下马来，其中一个汉子不问青红皂白就抓住王致诚的衣领，将他扯下马来，嘴里说着他听不懂的话；另一个汉子竟然抽出了雪亮的腰刀，凶神恶煞般看着王致诚。这时，从一匹马上跳下一个大清的通事，对着那汉子说了几句话，那汉子才把手松开。几个汉子纵马而去。

通事对王致诚说："这几个人是前来归顺的厄鲁特蒙古族的杜尔伯特部首领三车凌，皇帝马上要接见他们。"

王致诚说："可他们也不能那么凶啊！他们是来归顺的，这可是在大清国的地面上。"

通事说："厄鲁特蒙古族的人生性野蛮，今天，他们的表现还是十分友善的，只是责备你不长眼睛。要是在他们的地界上，恐怕，你的脑袋就和身子分家了。"

通事说罢，打马追赶三车凌去了。

王致诚说："老师，咱俩分分工吧！"

郎世宁说："怎么个分工法？"

王致诚说："老师，您给首领们画像，我给他们的王妃画像，您看行吗？"郎世宁不解地望着他，王致诚说："这些首领个个横眉立目，他们凶神恶煞的样子……我怕我……"

郎世宁笑着说："瞧瞧你的胆儿！"

三车凌是厄鲁特蒙古族杜尔伯特部的三位首领，即车凌、车凌乌巴什、车凌蒙克。杜尔伯特部原是游牧于西部边疆的厄鲁特蒙古族四大部中的一部，和准噶尔部同姓"绰罗斯"，并有着密切的血缘关系，原游牧于阿勒泰山南麓的额尔齐斯河流域。

十六世纪末，杜尔伯特部和游牧于伊犁河地区的准噶尔部，游牧于乌鲁木齐一带的和硕特部，游牧于塔尔巴哈台地区的土尔扈特部同是卫拉特联盟的成员。但后来准噶尔部的势力逐渐强大，作为与准噶尔部同宗的杜尔伯特部就受到了准噶尔部的控制和压迫。他们在政治上受准噶尔部统治集团的控制，在经济上受准噶尔部贵族的剥削，为之放牧、种田、服劳役。到了十七世纪后，准噶尔部的势力愈益强大，也统治了其他诸部，迫使原游牧于乌鲁木齐一带的和硕特部向东迁移到了青海境内，迫使原游牧于塔尔巴哈台地区的土尔扈特部向西迁徙到了额济勒河下游一带，他们的牧地均被准噶尔部占据。留在额尔齐斯河流域的杜尔伯特部，也就完全受准噶尔部的直接统治了。

准噶尔部在吞并了厄鲁特四部之后，曾强盛一时，其势力范围达到了天山南麓及漠北喀尔喀蒙古地区。后来，由于其内部不断发生争夺首领继承权的斗争，势力逐渐衰弱。

乾隆十八年春（1753年），准噶尔部首领达瓦齐发动战争，大肆洗劫了杜尔伯特部。在这次洗劫中，杜尔伯特部的大批牲畜、粮草、财物被抢走，三千多名儿童、妇女也被掠走，这使杜尔伯特部遭受了空前的浩劫。厄鲁特各部对准噶尔部统治集团争权夺利的斗争所带来的灾难早已深恶痛绝。他们纷纷离开自己的家园，向内地迁徙，投靠清朝政府。

三车凌率领杜尔伯特部一万多人东迁归附清朝政府，是这一时期厄鲁特各部投附清朝政府人数最多、规模最大的一次。1753年隆冬季节，三车凌率领着三千七百户人众离开了世居的额尔齐斯河牧地。他们顶着凛冽的寒风，赶着牛羊，携带着老小，在大雪纷飞中翻山越岭，长途跋涉，到达了乌里雅苏台地区。

三车凌来投，对清政府铲除准噶尔部的割据势力及统一新疆是十分有利的。乾隆帝得到了三车凌率部属万余人内迁的消息，就立即派人前往迎接。当杜尔伯特部到达了乌里雅苏台地区后，清朝政府设"赛因济雅图盟"，并任命车凌为盟长，车凌乌巴什为副盟长，还接济了牛羊、粮草、衣物、帐篷等大批物资，让他们在新的牧地上重建家园，安身立业。

为了表彰杜尔伯特三车凌"率万余众，倾心来归"的功绩，1754年7月，乾隆皇帝诏谕三车凌等人到承德避暑山庄觐见。

第二天，按照事先商定好的，郎世宁为几个首领画像，王致诚为他们的王妃画像。

画画的地点在避暑山庄内的两条大大的长廊里。一条长廊内坐着几位首领，另一个长廊坐着几位王妃。在他们的对面，郎世宁和王致诚分别在给他们画像。

王妃们坐着的那条长廊外边，几个厄鲁特蒙古族的孩童在嬉戏玩耍。一只蝴蝶落在了其中一个小女孩的指尖上，小女孩高兴地和蝴蝶说起了话。另外几个孩童围在一起观看。首领和王妃们看着眼前的一幕露出了笑容。

这时，从一边的花丛中钻出几个满族装束的男孩，领头的男孩跑过去，将小女孩指尖上的蝴蝶抓在了手里。女孩委屈地大哭起来，双方的孩子们厮打在一起。王致诚放下画笔，拉着一边的通事，和王妃们跑过去劝架。几个满族的孩子笑着跑开了。三个王妃气得脸色铁青，嘴里说着王致诚听不懂的蒙语。

王致诚说："王妃，不就是一只蝴蝶吗？让人抓来就是。再说，这只是孩子间的事，何必动这么大的肝火？"通事将王致诚的话翻译了过去，其中的一个王妃脸色涨红，冲着王致诚大喊。

通事对王致诚说："王大人，您惹麻烦了！这是辉特部首领阿睦尔撒纳的维吾尔族王妃祖丽妃亚。"王致诚说："这位大人，王妃说的是什么？"通事说："王妃说，蝴蝶是他们辉特部的神，他们惹恼了神灵。他们还未正式归顺，他们的子女就受到如此侮辱，如果真的归顺了，朝廷还不是将他们当下等人看待？"

王致诚想不到，辉特部王妃脾气如此大。他越好言相劝，王妃的火气就越大。最后，争吵声引来了车凌、车凌乌巴什、车凌蒙克和阿睦尔撒纳。郎世宁也跟了过来。厄鲁特蒙古杜尔伯特部的三位首领也一番相劝，但阿睦尔撒纳说："难道，王妃说得没有道理吗？你们也知道，蝴蝶是我们辉特部的神。除非让蝴蝶重新落到公主手上，否则，我就带人回去！皇帝想杀我，动手就是！"说罢，带着王妃母女，拂袖而去。

王致诚看着一旁的郎世宁："老师，您说这可怎么办？皇上要是知道了，非治我的罪不可。"

郎世宁没有说话，咬着嘴唇，若有所思。

很快，乾隆帝知道了此事，对王致诚说："朕不想听你做什么解释，阿睦尔撒纳和王妃对朝廷不信任，总是实情吧？"

王致诚匍匐于地："臣罪该万死！"

乾隆帝挥了挥手，极不耐烦地说："下去吧，让朕静静！"

王致诚下去了，但郎世宁并没有离去。乾隆帝说："郎世宁，你怎么没走？"郎世宁近前说："陛下，臣有句话，不知当讲不当讲。"

"说！"

"陛下，是这样，您看……"

数日后，乾隆帝在万树园摆宴，庆祝三车凌和阿睦尔撒纳来归。

阿睦尔撒纳说："陛下，我是诚心来归顺，不过，我还是那个要求，让蝴蝶重新落到我女儿的手上，否则，我看不到朝廷的诚意。"

乾隆帝说："好吧！歌舞侍候。"

乾隆帝话音未落，就有十二个漂亮的宫女簇拥着一个漂亮的小女孩，手持团扇鱼贯而出，随着乐曲跳起了优美的舞蹈。队形不断变换，宫女们越舞越欢。阿睦尔撒纳惊呆了，那个小女孩竟然是他的女儿卓娅。吸引众人眼球的还有团扇上画得惟妙惟肖含苞待放的花儿。

"祖丽妃亚，卓娅怎么到那儿去了？"阿睦尔撒纳看着一旁的王妃。

王妃说："通事刚刚说，让女儿跟着这些宫女跳舞，她们能让蝴蝶飞到女儿手上，我就答应了。"

阿睦尔撒纳说："皇帝在使什么花招？跳个舞就能让蝴蝶重新落到女儿手上？我不信！"

这时，忽听唢呐声响，数不清的蝴蝶从四周飞过来，汇成了五颜六色的蝶海，随同跳舞的宫女们一起，似也在翩翩起舞。让众人意想不到的是，曲停舞止，竟有成百只蝴蝶落在宫女们身上，其中一只美丽的蝴蝶就落在了卓娅的指尖上。

卓娅高兴得跳了起来。

阿睦尔撒纳和三车凌一起匍匐跪拜："臣等叩见皇帝陛下，吾皇万岁，万岁，万万岁！"

高公公在一边亮出圣旨，高声宣读："我大清建朝百余年，朝廷与西北争战频繁。朕自登基以来，常思西北，夜不能寐。朕也御驾亲征，拓土二万里，但仍未完全统一西北。现如今，三车凌和阿睦尔撒纳率部属万余人内迁，投奔朝廷，乃我大清幸事。现册封车凌为亲王，车凌乌巴什和阿睦尔撒纳为郡王，车凌蒙克为贝勒……"

四人匍匐谢恩："臣等誓死效忠大清！"

晚上，乾隆帝特意召见了郎世宁和王致诚。

乾隆帝说："郎爱卿，三车凌和阿睦尔撒纳归顺受封，你功不可没。朕知道你最近辛苦了，朕还想让你们根据这个盛大的场面，回京后画成画，留存纪念，以彰显我大清的文治武功。"

郎世宁和王致诚跪地："臣等遵旨。"

从乾隆帝的殿内走出，王致诚说："老师，您又一次为我解了围。可我不知道，您是用什么办法，让蝴蝶飞到那个小公主的指尖上的？"

郎世宁笑道："说起来也很简单，我只是让你和我一块画了十二把花团扇，然后，让宫女跳舞。"

王致诚不解："可光凭跳舞，又怎么将蝴蝶吸引过来啊？"

郎世宁说："画画得逼真，我又在宫女的身上和画扇上喷上了香料，并派人悄悄捉了几百只蝴蝶备用，蝴蝶闻香而来，又以为扇子上的花是真的……"

"老师，您可真行！"

"我也没有把握。我也是经过多次的试验，才让陛下采纳我的建议的……"

一轮银月冉冉升起，将银辉洒向天地间。

第二十四章

≈

乾隆打喷嚏

　　淅淅沥沥的春雨，一直下个不停。已是子夜时分，郎世宁仍然没有一丝睡意。

　　从承德回来，郎世宁主笔完成了反映乾隆帝接待三车凌和阿睦尔撒纳盛大场面的《万树园赐宴图》和《马术图》后，又回到了圆明园。他捻了一下灯芯，算了算，从1724年到现在的1757年，他在圆明园内整整工作了三十三年。

　　这期间，他一边指导圆明园的具体设计，一边先后绘制了不少表现朝廷与西北用兵，或战或和的画幅，《阿玉锡持矛荡寇图》等。同时，也绘制了诸如《木兰图》《哨鹿图》《围猎聚餐图》《孝贤纯皇后亲蚕图》等大量反映皇家生活的画作，又与宫廷画家元老唐岱合作，绘制了《羊城夜市图》和《春郊阅马图》等。不过，作为一名传教士，他最关心的还是他的宗教。

　　来华几十年了，天主教传播受阻的现状仍然没有改善，这让他常常夜不能寐。本以为，利用自己超群的绘画技能博得了皇帝的信任和器重，就能呵护自己的宗教，可效果是多么的微乎其微啊！几天前，他听说，皇帝下令将西洋教士除供奉宫廷者，一律逐出京城。在京的耶稣会士找到他，谋求缓禁之策。可他知道乾隆帝的脾气，稍有不慎就会前功尽弃。这些年，他不止一次在皇帝面前谋求允许传教的政策，但都被乾隆帝严词拒绝了。

　　再有几天，他就快七十岁了。

　　然而他最近总是心神不宁，觉得有什么事要发生。"上天啊！求您，再给我几年时间吧！"他在心里默默祈祷。

　　这一夜不知什么时候，他才沉沉睡去。早上，王致诚来找他，约他一起到琉璃厂逛逛。他答应了。到外面透透气也好。这个王致诚，也五十多岁了，和二十年前来华的那个法兰西小伙子，早就判若两人了。

　　雨早就停了。琉璃厂比以前更加热闹，走到松竹斋，郎世宁想起郑燮。从和郑燮相识到现在，已经二十五年了。乾隆三年，郑燮离开京城，他们已经有二十三年没见了。听说，他先后任山东范县、潍县县令，政绩显著，现在客居扬州，以卖画为生。这个放浪不羁的怪才，现在早过花甲之年了。在郎世宁的艺术领域，除了恩师吴与外，恐怕没有第二个人有那么高的位置了。不知道，今生还有没有缘再见到他。

　　"老师，您看，前边围了一群人！"王致诚说。

前面果然围了一圈人。二人走过去，发现中间站着一个戴着面纱的姑娘。从姑娘的装束打扮来看，应该是个维吾尔族姑娘。

不过，此时这个姑娘，正和一个卖艺的讨价还价。她要买走他手里的一只金丝猴。那只金丝猴眼中有泪，一直看着姑娘。

"姑娘，您非要买，就一百两银子，少一文钱都不能卖。这是我从南方高价买来的，是金丝猴中的极品。"卖艺的见她真心想买，故意抬高价钱。

姑娘说："我手里只有十两银子！"

卖艺的说："十两银子，您不是在逗我吧！姑娘，您啊，该干吗干吗去吧，我还得让它给我挣钱呢！"

突然，那猴子挣脱了卖艺人的手，跳到了姑娘的肩膀上。这时，一阵风突然吹拂起蒙在姑娘脸上的那层如烟似雾的面纱，露出了姑娘娇美无比的面庞。

姑娘说："您看，这猴子跟我有缘，您就卖给我吧！"

可卖艺的说啥也不卖，拉着猴子就走。姑娘一把拉住卖艺人的手，再次恳求他卖给她。就在卖艺的再次拒绝的时候，郎世宁走过去，将一张一百两的银票递了过去，然后，在卖艺人惊愕的目光中，从他手里牵过猴子，递到了姑娘手里，说："姑娘，凭你这份善心，这银子我替你出了。"

"谢谢您了。银子就算我借您的。您给我留个地址，我明天送过去！"姑娘说。

郎世宁说："我就住在东堂，叫郎世宁。我也听说了，这个卖艺的是想将猴子卖给人吃猴脑儿。"

姑娘说："我是属猴的，刚刚听说，有人想买这只金丝猴，吃它的脑子，我就想把它买下来。"

姑娘说着，牵着猴子走了。

王致诚说："老师，她明天会来还银子吗？"

郎世宁说："我把银子拿出来，就没想她还不还我。"

第二天清晨，郎世宁正要从东堂去圆明园的时候，主教对他说，有人找他。郎世宁来到门外，竟是昨天的那位维吾尔族姑娘，和她一起来的，还有一位彪形大汉。那汉子一见郎世宁，躬身施礼："我叫图尔都，她是我的妹妹伊帕尔。昨天，谢谢您借银子给我妹妹。我们是来还银子的。"

郎世宁将兄妹二人让至会客厅。

图尔都说："我已经知道您的身份了，郎大人。"

接下来，图尔都说出了他们的身份。

兄妹俩是世居叶尔羌的回族始祖派噶木巴尔的后裔，他们的父亲是第二十九世回部台吉（贵族首领）阿里和卓。三年前，清军进军伊犁，二次平定准噶尔叛乱，解救了被准噶尔拘禁的叶尔羌、喀什噶尔封建主玛罕木特的两个儿子：大和卓木、小和卓木。不料两年以后，小和卓木杀死了钦派的副都统阿敏道，自称巴图尔汗；大和卓木也据守喀什噶尔，两相呼应，称雄南疆。图尔都台吉等不愿归附分裂的部落，配合清军，于乾隆二十四年，彻底平息了大、小和卓木的叛乱。

今年，图尔都等五户助战有功的和卓，以及霍集斯等三户在平乱中立功的南疆维吾尔上层人士，应召陆续来到北京。乾隆帝令他们在京居住，并派使者接他们的家眷来京，还封图尔都等为一等台吉。

出乎郎世宁意料的是，这兄妹二人的汉语竟说得如此流利。伊帕尔说，他们从小就在父亲的安排下，接受汉语和满语的训练了。

"昨天妹妹到街上闲逛，多亏了郎大人！"图尔都再次感谢。

郎世宁没想到，几个月后，他又见到了这位公主。

这天，乾隆帝下旨，召他进宫，为新册封的和贵人画像。

乾隆帝说："郎世宁，和贵人是朕平生见过的最美也是最神秘的女子。你一定要把她的像画好。你知不知道，朕想和她在一起喝茶聊天，她以为朕对她不轨，竟敢拿剪刀来威胁朕！不过，她越是这样，朕越要征服她。"

这位和贵人是谁？她究竟哪里与众不同，使得皇帝对她如此心痴神迷？郎世宁暗忖。

等他见到这位和贵人后，才知道，这位和贵人竟然是维吾尔族姑娘伊帕尔。见到郎世宁，正在刺绣的伊帕尔很高兴。她告诉郎世宁，就在他们快要离开北京的时候，皇帝突然下旨，让她入宫。

郎世宁说："臣有一事不明，不知当说不当说。"

"郎大人，有什么话，您说便是。我们不是外人。"

"我听陛下说，您似乎对他有些反感。他找您聊天喝茶，您持剪刀相向。臣斗胆一问，有这回事儿吗？"

"有这回事。"

"娘娘，您还会刺绣？"郎世宁看着伊帕尔手中绣的花，像真的一样。

"别叫我娘娘，叫我名字就行了。"伊帕尔说，"我从小就学女红，郎大人见笑了。"

像完成后，郎世宁面见乾隆帝，说起了他与和贵人在琉璃厂结识的经过。

"朕从未见过像她这样的。郎世宁，既然你和她认识，没事就多做做她的工作。"见郎世宁惊讶的眼神，乾隆帝说，"月下老人的事，你又不是没干过？你身边的王幼学是你女婿，还是你介绍的呢！"

"月下老人？"郎世宁笑得胡子一颤一颤的，"臣遵旨！"

让乾隆帝对伊帕尔着迷的是，这个来自西域的女子，有一种魔力，她通体上下都散发着一种沁人心脾的异香。她总蒙着一层如烟似雾的面纱，虽然看不清她的面孔，却能感受到她的呼吸——她的呼吸都洋溢着浓郁的香气。乾隆帝初见她时，就被她如花的笑脸和曼妙的体态惊呆了。

乾隆帝又说："这件事，你要是办成了，朕一定忘不了你！"郎世宁正要张嘴求他一件事，话到嘴边又咽了回去。他知道，时机还未到，弄不好会将事情搞砸。就在他要离开的时候，乾隆帝又说："郎世宁，你刚才说，和贵人会刺绣？那好，就让她给朕绣一件龙袍来，就用你去年给朕画的那幅《五龙图》做样子。朕要让她时时刻刻想着朕！这件事，就交由你来办。"郎世宁说："臣遵旨！"

转眼，伊帕尔从郎世宁手中接到刺绣龙袍的圣谕已经有半个月了。自她进宫后，也没见到几次皇帝。那天，皇帝突然来看她，对她说，她给大清带来了祥瑞。伊帕尔入宫时，从南方移栽到宫内的荔枝树，竟结出了二百多颗荔枝。皇帝和太后一致认为，这是她给带来的祥瑞，这才封她为贵人的。

随同来的皇太后告诉她，会让画师明天给她画像，放在后妃的图集里。皇太后走后，皇帝想要她侍寝，她拿起剪刀保护自己的贞洁。皇帝拂袖而去。她以为会引来杀身之祸，没想到，皇帝仍让人给她画像，更让她没想到的是，给她画像的竟然是借银子给她的郎大人。

贵人在清朝后妃的八个等级中，属于第六个等级，其前有皇后、皇贵妃、贵妃、妃、嫔，其后有常在和答应。能列入后妃图集里，就有出头之日。郎世宁为她画像，格外细心。她知道，即便这样，自己也并未得到皇帝的重视。过段时间，皇帝就不记得她是谁了。不过，她为人天性淡泊，在宫中不争权夺利，反倒看书织布。她自幼长在宫廷之内，却有着高超的刺绣手艺，经她刺绣出来的龙袍栩栩如生，活灵活现。没想到，郎世宁却拿着他给皇帝画的《五龙图》，传皇帝的口谕，让她依样给皇帝绣龙袍。

这天，伊帕尔正在后宫绣着龙袍，郎世宁来了。还没到半月，郎世宁就前来催问。

"娘娘，不知给皇上绣的那件龙袍完工了没有？"

伊帕尔忙说还需几天时间。郎世宁说："娘娘，我一来想看看您怎样绣龙袍，二来是想和您叙叙旧。"

"我正想找个人说话呢！"伊帕尔说。

郎世宁低声说："娘娘进宫，荔枝就结出了硕果。当初，陛下召您进宫，就是因为您给大清国带来了祥瑞啊！"

伊帕尔说："可我现在还不是个绣龙袍的！"

其实，她现在心里极其烦乱。她听说，有人污告哥哥图尔都谋反，朝廷正要用兵呢！她将心中的烦闷跟郎世宁说了。在她心中，她早将这个足可做她爷爷的七旬老人当成最亲的人了。

"郎大人，您快帮我拿个主意吧！我想求陛下，可我又见不到他。"伊帕尔说到这儿，眼泪在眼圈里打转。

郎世宁微微一笑："臣虽然来自西洋，却谙《麻衣神相》。娘娘听臣之言，龙袍绣罢之日，也就是娘娘得宠之时。到时候，臣自会来取龙袍。您刚才所说之事，我会向陛下禀报。"

郎世宁说罢，起身辞去。伊帕尔将信将疑。没过多久，她便把这件事儿搁置到脑后去了。

这天，龙袍刚刚绣罢，郎世宁便来了："娘娘，今天是良辰吉日，还记得臣跟您说过的话吗？今天便是实现之时。您就在屋子里等着好消息吧！不过，您得依臣一件事情。"

伊帕尔请郎世宁明示，郎世宁小声说了番话走了。看着郎世宁的背影，伊帕尔有些将信将疑。这个郎世宁，在搞什么名堂？

　　却说郎世宁，拿了新绣的龙袍来到乾隆帝面前说："陛下，臣已经将新绣的龙袍取来，请陛下换上，臣有话说。"乾隆帝换上新龙袍，突然接连打了三个大大的喷嚏。郎世宁当时就跪倒在地，冲着乾隆帝叩头："陛下连打三声龙嚏，实乃万民之福，臣恭喜陛下，贺喜陛下！"

　　乾隆帝问："郎世宁，打喷嚏有什么可贺喜的？"

　　郎世宁说："陛下，您是一国之君，是真龙天子。您的喷嚏就是龙嚏啊！陛下有所不知，这三声龙嚏应三件吉事呀！"

　　"哪三件？"

　　"第一声，应我大清洪福齐天，江山永固；第二声，应陛下龙体康健，万民称颂；这第三声，应……臣不便直说！"郎世宁说到这儿不说了。

　　乾隆帝笑了："爱卿但说无妨！"

　　郎世宁这才说："臣昨夜仰观天相，见有紫微星映日，陛下当有喜事临门了。"

　　乾隆帝说："你怎么也研究上了天相啊？"

　　郎世宁说："陛下有所不知，臣研究天相多时。昨日，臣得一梦，梦中有一龙从天而降呀！"

　　乾隆帝对天上的异兆非常相信，于是就问郎世宁这条龙降到了哪里。

　　郎世宁俯身说："这条龙就降在翌坤宫旁的凤藻园。"

　　凤藻园？乾隆帝岂不知，翌坤宫里就住着和贵人。他记得清清楚楚，凤藻园中有个龙潭。莫非，那条龙降到了龙潭之中？

郎世宁说:"陛下快去看看吧!"

要不是郎世宁说时机未到,他早就想来了。每次,郎世宁就劝他说,时机还不成熟。现在,郎世宁放话,事情肯定有了眉目。于是,乾隆帝快步来到凤藻园。乾隆帝正在龙潭边上观望,忽闻不远处传来悠扬的抚琴声,于是就顺着琴声寻去,发现,一个仪态端庄的女子正在抚琴,这女子正是他朝思暮想的和贵人。

伊帕尔正在抚琴,忽听门外有人喊:"圣上驾到!"

伊帕尔心说,郎世宁真是神人,他说我今日是得宠之时,皇上就驾临。她想起了郎世宁跟她交代的那件事,起身接驾去了。伊帕尔将乾隆帝迎进来后,一返当初的冰冷,面露笑容:"陛下,昨晚臣妾做了个梦,梦见有一条龙盘踞在臣妾身上。没想到今日陛下就驾临了。"

乾隆帝一想,郎世宁说夜观天象,梦中有一龙落入凤藻园,和贵人居然也这样说,难道,这第三个喷嚏真是宠幸和贵人的预兆吗?和贵人清纯曼妙,别有一番风韵,乾隆帝当夜就留在了凤藻园中。朝思暮想的佳人终于和他同床共枕了。

第二天散朝,郎世宁请求觐见,说:"皇上禁止臣等传播所奉圣教,满街都是禁谕之文,臣等如何能安心供职?如欧洲闻此禁令,何人敢来中国供职?"

乾隆帝笑道:"郎世宁,你可真会找时候。朕并没谴责你们的宗教,朕只是禁止臣民皈依罢了。此事,朕当从容考虑。"

郎世宁匍匐于地:"谢陛下!"

第二十五章

来自天国的钟声

　　不久，皇太后降旨，册封伊帕尔为容嫔，她的哥哥图尔都封为辅国公。之后，她的俊俏和异域情调进一步赢得乾隆帝的垂爱和信任，乾隆帝又将她晋升为容妃。

　　一次，郎世宁和容妃在后宫相遇。郎世宁笑着问容妃："臣的话还算灵验吧？"

　　容妃感激地点了点头。

　　那天，郎世宁告诉她："如果今天圣上驾临，就说昨夜梦见长龙盘踞于身，陛下必然住在凤藻园，那时就是你哥哥得救之时。"容妃没想到，皇帝竟真如郎世宁所说，驾临凤藻园。于是她就按郎世宁教她的话向乾隆帝说了。

　　乾隆帝穿上新龙袍后为什么连打三个喷嚏呢？郎世宁知道乾隆帝有抹袖子的习惯，于是，就假借取龙袍的机会，悄悄在袖口涂了少许辣椒面。乾隆帝一抹袖子，鼻孔受了辣椒面的刺激发起痒来，不打喷嚏才怪呢！

其实，郎世宁这样故弄玄虚，一是想给皇帝和容妃彼此一个台阶下；二是想通过这件事，博得皇帝足够的好感，他好为天主教请命。

继长春园后，万春园的修建也已接近尾声。乾隆帝来过几次，对工程的质量和进度都很满意，这让郎世宁悬着的心轻松了不少。

这天一早，郎世宁正在和王幼学、王致诚、蒋友仁三人研究一张图纸，忽听门外锣鼓喧天。难道，外面出了什么事了吗？

鼓乐声越来越近，四人正在疑惑，忽听门外有人喊道："郎世宁接旨！"

四个人赶忙出去，却见门外站着一群吹鼓手和轿夫，门口放着彩舆。皇帝身边的高公公手里拿着圣旨，满面微笑。

到底发生了什么？郎世宁不解，和王幼学、王致诚、蒋友仁一起，跪在地上："臣郎世宁接旨！"

高公公展开圣旨："奉天承运，皇帝诏曰，西洋人郎世宁自担任奉宸苑卿以来，恪尽职守，呕心沥血，历时十余载。今日，逢郎世宁七十寿辰，朕略表心意，祝他身体健康，长命百岁，东堂办寿。钦此！"

郎世宁感激涕零："臣郎世宁谢陛下隆恩！"

王幼学这才想起，今天是岳父的生日，他怎么给忘了呢？

高公公读完圣旨，说："郎大人，咱家也在这儿祝您福寿了。"

郎世宁说："谢高公公！"

高公公又高声宣读礼单："皇上御赐上等丝绸六匹，官服一套，大玛瑙项珠一串，皇上手书寿匾一块；太子颙琰（后来的嘉庆帝）赐朝服一套，上等绢料一匹。"

郎世宁再次谢恩，高公公高声道："请郎世宁上轿！"

郎世宁换好衣服，坐上了彩舆。彩舆由八名役夫抬着，二十四名吹鼓手随行。此外还有四位骑马的官员，来自皇帝身边的高公公，以及王幼学、王致诚、蒋友仁等人，一路护送钦赐的贺礼直达北京城。行至京城西门，又有一队士兵加入了送礼的行列，然后一同向东堂进发。一路上吹吹打打，护卫军威风凛凛，热闹非凡。再加上沿途观看者的叫好声，更把喜庆的气氛烘托得格外热烈。

东堂，一般被认为是北京所有欧洲教堂的代表。虽然，教会与朝廷始终存在着矛盾和争议，乾隆帝对此也十分清楚，但他仍坚持在东堂为郎士宁办寿。此时的东堂内，扎花结彩，喜气洋洋。

寿诞当天，在京的耶稣会会士、圣芳济修会和多明我会的修道士，皆身穿中式官袍会集于东堂，按照中国的礼仪行三跪九叩大礼，以此表示对皇帝的恭敬和忠诚。待所有礼仪程序完成后，便有香茗奉上，气氛随之变得轻松起来。不过，细心的郎世宁发现，这些前来贺寿的同行对他不屑一顾，有的甚至嗤之以鼻，只是碍于皇帝的威严，不得不来。郎世宁面上荣耀，但内心却五味杂陈。自己只是一个来华的传教士，虽然得到了皇帝的信任和器重，但传教的使命并未完成。

寿辰结束后，郎世宁很郁闷，对王致诚说："我是一个失败的传教士，一个不坚定的神的奴仆！"

王致诚说："老师，我不这么看。老师，您花了几十年的时间为一个民族一个国家鞠躬尽瘁，做了数不清的好事善事，上天怎么会舍弃您呢？老师，您的苦闷我最理解。"

出乎郎世宁意料的是，王致诚说着，竟然给他鞠了个躬。

"老师，最对不住您的人应该是我。"他说。

郎世宁说："你没什么地方对不住我啊！"

王致诚说："这件事埋在我心底很多年了。我来华前夕，我们法国主教曾经暗害过您。他们试图把老师除掉，然后，让我取代您的位置。"

当时，在北京的西方传教士分为两派，葡萄牙派和法国派。郎世宁虽然是意大利人，但他属于葡萄牙派。由于他杰出的绘画技能得到皇帝的赏识，葡萄牙教派的传教士就有机会向皇帝施加影响。不甘落后的法国传教士向国内提出要求，希望能派一名有才华的画家到中国来。王致诚在这种情形下被派往中国。在京的法国主教买通皇帝身边的周通来陷害郎世宁，没想到被皇帝识破，没能得逞。

听罢王致诚的叙述，郎世宁暗中为自己捏了把汗。

"老师，您能原谅我吗?"

"这件事不是你的本意，与你无关。"

"谢谢您的宽宏，老师!"

"不用谢。我临终的时候，给我做个涂油礼就成了。"

"老师，您能长命百岁!"

然而，郎世宁却给王致诚做了临终涂油礼。

五年后，王致诚在京病逝，安葬在正福寺法国传教士墓地。

早上，郎世宁刚刚做完早课，王致诚走了进来。他穿着一身崭新的神父服装，容光焕发，冲着郎世宁笑了笑，然后，在郎士宁面前的椅子上坐了下来。郎世宁将一杯沏好的早茶递了过去，正要和他说话，却发现椅子空荡荡的，哪有王致诚的影子? 郎世宁打了个激灵，醒了过来。刚刚，郎世宁做了个梦。

想想，王致诚都去世整整五个年头了。现在，他已经是年近八旬的人了，来到大清国已整整五十一个年头了。也不知道是怎么了，最近，一些过去的事和逝去的亲人交替着出现在他的梦境中。昨天，郎世宁梦见杜德美和戴维德来看他，前天，梦见了罗怀中。

还有，爱唠叨的妈妈、经常扯他耳朵的姐姐、悄悄塞给他面包的芭特丽琦亚奶奶、慈祥的尼古拉斯神父、马泰奥·班代洛神父，甚至，他那只有着模糊记忆的父亲……

他躺在床上已经三天了。三天前，他还好好的。他在鹤安斋东五间内起通景画稿时，忽然觉得头晕目眩，手中的茶杯掉在了地上，然后，他就躺在了床上。铃铛和王幼学将他接到王府井的家中，轮流侍候他。现在，他们已经是祖父祖母，都满头白发了。

这些逝去的人，是在召唤他了吗？朦胧中，他似乎听到了远处传来的悠扬的钟声。可这钟声，又和钟楼里的吊钟发出的声音不同。

他觉得身子轻轻的，像飘在云端。中国有句古话：瓜熟蒂落。难道，他这只瓜熟透了吗？他不怕死。人生七十古来稀。他七十八岁了，年纪够大的了。

蒋友仁已经三天没来了。现在，他最放心不下的还有那批运到法国的画。

最近这几十年，大清国加紧了对西部的用兵。为了纪念战争的胜利，郎世宁和他的学生王致诚、艾启蒙等人奉命绘制了《平定西域战图》。这套巨制画卷共十六幅，自起稿绘图着色之后，就被送至法国雕刻铜版，到现在还没有回来。这些画作，大都是郎士宁起稿的。

这些天来，康熙帝、雍正帝也曾出现在他的梦中。刚刚，他睡着了，王幼学告诉他，当今皇上，也来探望他了。在他床前，默默坐了半晌后才离去。

"没想到，皇上还来看我了。我这身体好好的，没事。"郎世宁看了看一边的王幼学，"扶我起来，我想看看窗外。"

王幼学将郎世宁扶起来，看着窗外。窗外的花开得正艳，一只蝴蝶绕着一朵芍药飞来飞去。

"真美啊!"郎世宁说。

"岳父,您好好养着,身子有了劲,咱们就回圆明园。万春园的花那才叫一个艳呢!"王幼学说着,眼睛湿润了。

郎世宁咂了咂嘴。

王幼学说:"岳父,您想吃什么? 我给您弄去!"

郎世宁没说话,摇了摇头。

这时,一个身材矮小的男人站在院门口,冲着里边问:"家里有人吗?"

铃铛出去问:"您找谁?"

男人五十岁上下,挎着一只篮子,篮子里是白色的雪梨。

男人说:"我叫老海,是街上卖雪梨的。几天前,我看见你们拉着郎大人进家,想看看,他的病好些了没有?"

铃铛正想拒绝,老海已走了进来。透过开着的窗子,郎世宁的眼神恰好与老海的眼神相撞。

郎世宁说:"幼学,我最想吃的东西来了!"

老海说:"郎大人,我来看您来了! 您没事吧?"

"我没事,就是嘴没味儿。"

"郎大人,我就知道您嘴没味儿,这不,给您送梨来了!"

"老海,我有多少年没见你了?"

"五六年了吧!"

老海跑到院子里,将梨洗净,然后,坐在床前,拉着郎世宁，将雪梨切开，一块块递进了郎世宁的嘴里。郎世宁吃得满口生香。

吃了大半只雪梨，郎世宁又睡着了。

老海跪在床前，给郎世宁磕了三个头，然后告辞，走到院门口，眼泪掉下来了，对送他的王幼学和铃铛说："郎大人好啊！当年，我在街上赶马车，他没少坐我的车。我说我最喜欢画儿了，他就送给我一幅他的画。这画到死我都不会卖，我就是死了，也得让我儿子把它放在我的棺材里，带进地底下去。"

……

悠扬的钟声再次传来。

这次，他听得清清的。甚至，他还看到了两个长着翅膀的天使。

他看到了他自己——那个十几岁，名叫朱塞佩·伽斯底里奥内的男孩。此时的他，正站在故乡美丽的米兰小镇圣·马塞力诺外的小山上，望着远处的阿尔卑斯山上的积雪出神。

一声清脆熟悉的鸟鸣在他的耳畔响起。他抬起了头。远处，似乎是阿尔卑斯山的积雪和蜿蜒的波河。一只美丽的鸟儿从他眼前飞过，直冲云霄。

他认得这只鸟儿！

是云雀！

那只故乡的云雀！

那只少年时的云雀！

尾声

≈

雨打芭蕉的夜晚

　　翌日凌晨，郎世宁安详地离开了人世，像睡着了一样。此时，是乾隆三十一年（1766年）六月初十日，离他七十八岁生日只差三天。

　　一年后，十六幅《平定西域战图》的原稿、铜版、印画全部完成后由法国送回至大清，历时十三年之久，花费约二十万四千里拉（法旧币制一里拉约为一两白银）。

　　郎世宁来华五十一年，历经康熙、雍正、乾隆三朝。康熙年间，为了皇帝喜好不得不学习中国画的技法；雍正年间，向中国宫廷画家传授欧洲油画技艺；乾隆年间，创造出"中西合璧"院画新体。

　　郎世宁的墓碑上刻着乾隆帝旨谕："乾隆三十一年六月初十日（农历）奉旨：西洋人郎世宁自康熙年间入值内廷，颇著勤慎，曾赏给三品顶戴。今患病溘逝，念其行走年久，齿近八旬，著照戴进贤之例，加恩给予侍郎衔，并赏给内务府银叁佰两料理丧事，以示优恤。钦此。"

郎世宁去世后被赐予侍郎之衔，在总计五百六十三卷的《清史稿》中，对他的全部记述是："郎世宁，西洋人。康熙中入值，高宗（乾隆）尤赏异。凡名马、珍禽、异草，辄命图之，无不奕奕如生。设色奇丽，非秉贞（焦秉贞，最早学习西洋画技的中国画家）等所及。"

郎世宁去世了，宫里其他具有天赋的画家替代了他，但人们对他依然感念颇深，难以释怀。

"写真世宁擅，缋我少年时，入室幡然者，不知此是谁？"这是乾隆帝在郎世宁的画作《平安春信图》中的题诗。他题诗时已经是七十二岁的老者了。画中的少年正是乾隆帝，长者就是他的父亲雍正帝。

雨打芭蕉的夜晚，这位以文治武功著称的一代君王，可曾会想到，那个来自异域、说话幽默、时常让他开怀大笑的外藩画师？

这时候，郎世宁已经离世多年了。